STORY

SCHRIFTSTELLER CHIHARU KOMMT MIT SEINEM NEUESTEN WERK NICHT VORAN UND SUCHT DAHER IN SEINER ALTEN HEIMAT AUF DEM LAND NACH INSPIRATION. DORT BEGEGNET ER AUF DEM VERLASSENEN BAHNHOF DEM VOR HUNGER KOLLABIERTEN RIN, DER IHM WENIG SPÄTER VON IHRER GEPLANTEN HOCHZEIT BERICHTET. ANGEBLICH HATTE SEINE VERSTORBENE GROSSMUTTER IHN RIN VERSPROCHEN, DOCH CHIHARU WEIST IHN ENTSCHIEDEN ZURÜCK. RIN TAUCHT JEDOCH ALS UNGEBETENER GAST AUF UND NISTET SICH SCHLIESSLICH BEI IHM EIN. EINES TAGES WIRD CHIHARU PLÖTZLICH VON JEMANDEM IN FUCHSGESTALT ATTACKIERT, DER IN IHM OFFENBAR NICHT DEN GEEIGNETEN PARTNER FÜR RIN SIEHT...

RIN
SCHÜTZENDER DRACHENGOTT DER GEGEND. WILL CHIHARU HEIRATEN. SEINE KRÄFTE LASSEN GERADE NACH...
CHARAKTERE
CHIHARU IZUNOME
ROMANAUTOR, DER IN SEINER ALTEN HEIMAT RUHE SUCHT. WURDE VON SEINER GROSSMUT-TER AUFGEZOGEN, DIE AUCH SCHRIFTSTELLERIN WAR.

INHALT

Weißer Drache

WEISSER DRACHE - KAPITEL 5

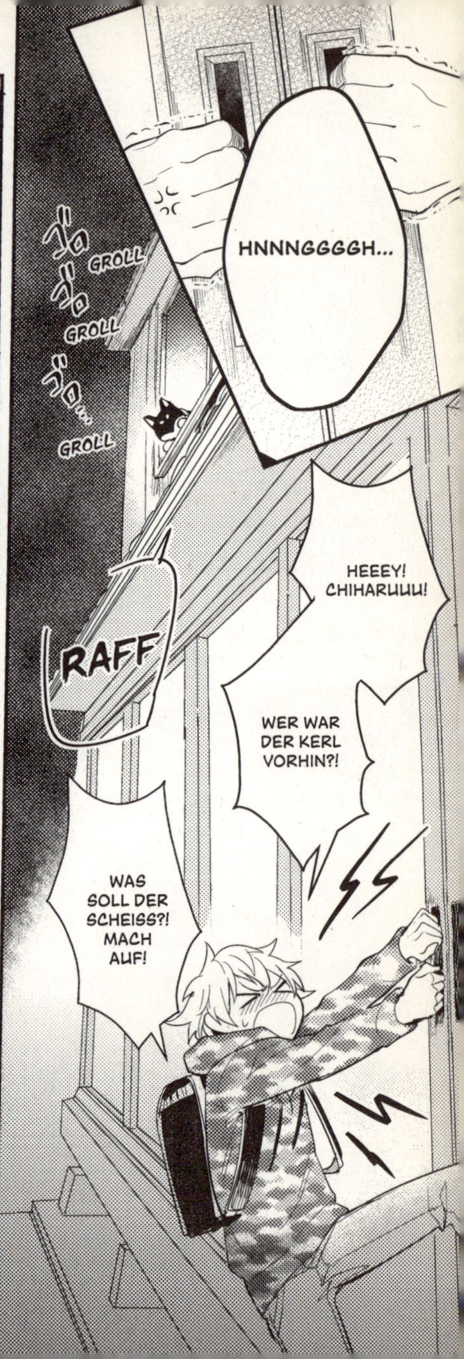
HNNNGGGGH...
GROLL
GROLL
GROLL
RAFF
HEEEY! CHIHARUUU!
WER WAR DER KERL VORHIN?!
WAS SOLL DER SCHEISS?! MACH AUF!

FIIIEP
AH! URARA!
JAUL
FIIIEP
PASS AUF, DAS IST GEFÄHR-LICH...
EH? DU WILLST DA RUNTER?!
WA... WA... WART...
UGH!
DOMP

HEY!
DAS HÄTTE INS AUGE GEHEN KÖNN...
SCHRECK
WOOOOMM
WA...
WAS GEHT DA AB?!
WIESO DONNERT ES IM HAUS DRIN?!
TAPP
BRZZZ
WOMM
ICH CHECKS NICHT...
WAS IST DA BLOSS LOS?
KRZ
KRZ
KRZ
WOSSSCH
WOOOMM
...

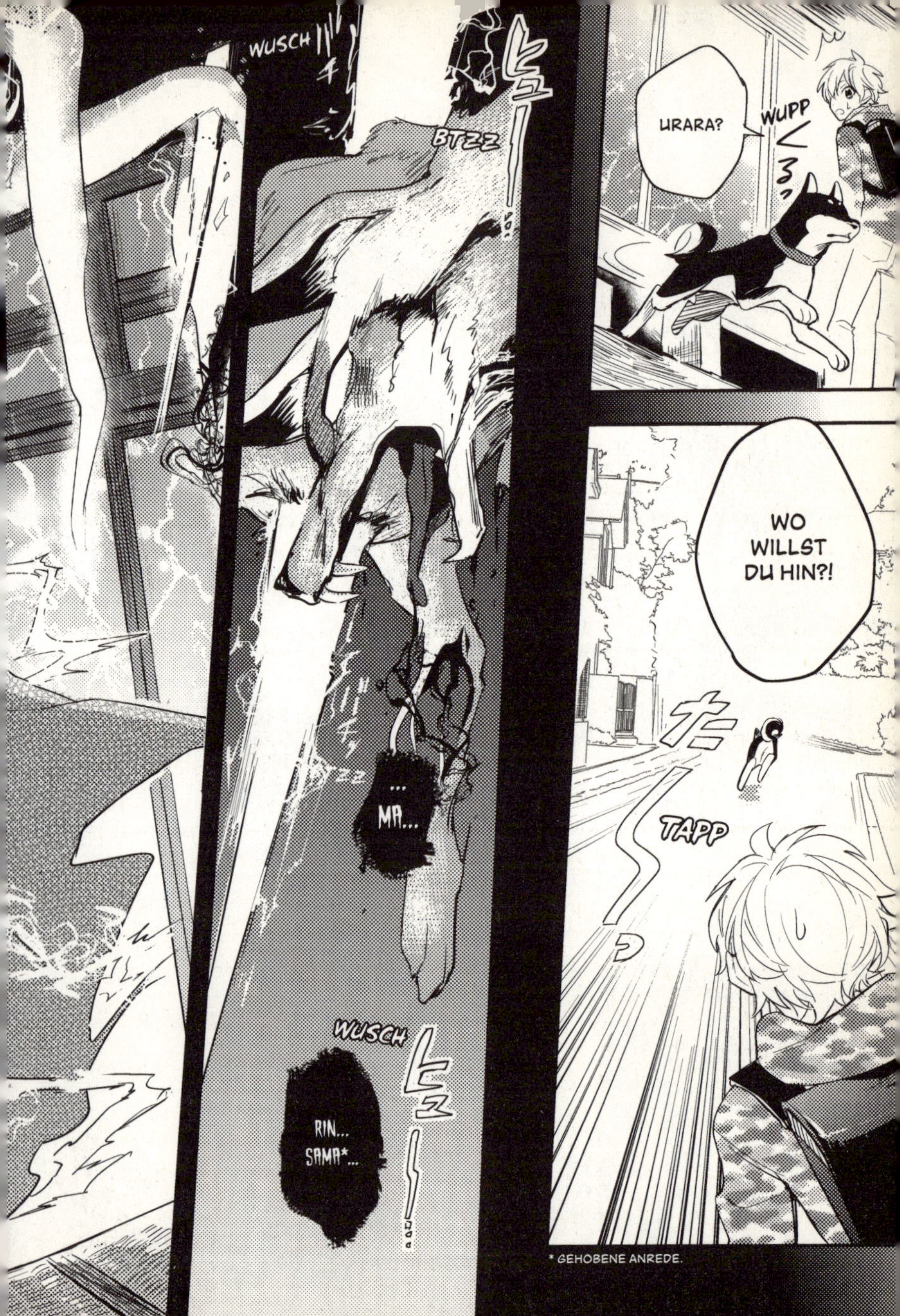

* GEHOBENE ANREDE.

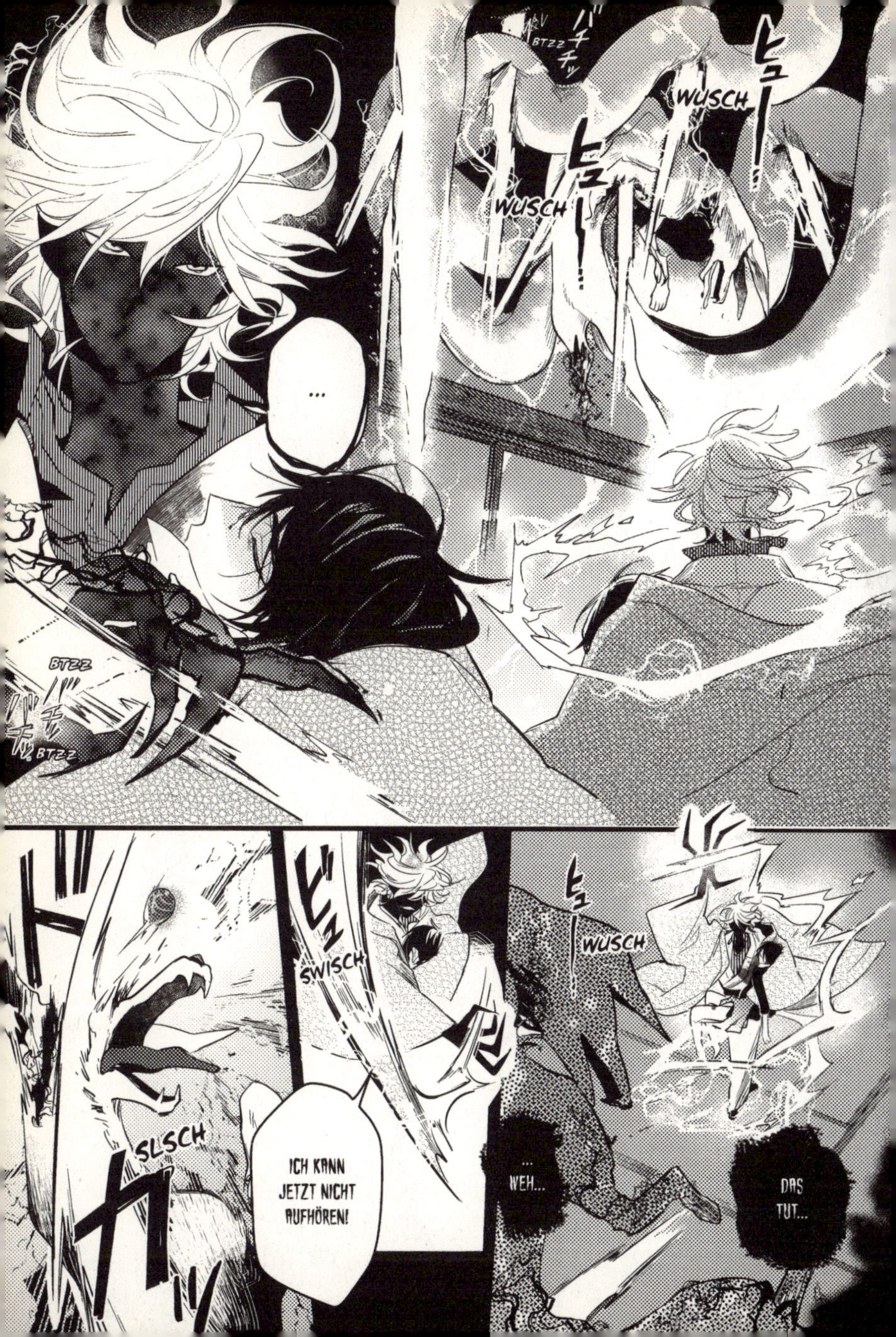

WUSCH
WUSCH
BTZZ
...
BTZZ
BTZZ
WUSCH
DAS TUT...
... WEH...
SWISCH
ICH KANN JETZT NICHT AUFHÖREN!
SLSCH

GRRRR
GRRR
SCHOCK
?!
ZUCK
ZUCK
WAS MACHST DU DA?!
DAS GEHT ZU WEIT!
ER WIRD STER-BEN!
ZING
NEIN, KEINE SORGE ...!
KRALL
KRALL
KRALL
RIN-SAN*?
*HÖFLICHE ANREDE.

IHN SO EINFACH STERBEN ZU LASSEN... WÄRE DOCH KEINE STRAFE...
BTZZ
BTZZ
BTZZ
SCHOCK
IST DAS WIRKLICH ER?
IN DIESER GESTALT...
... WILL ICH IHN NICHT SEHEN...
NICHT...
WARTE!
BITTE SIEH MICH AN!
SWISCH
HEY! RIN-SAN!
UH...
WOOOM
RI...
GRRRRR

RIN!
DAS REICHT JETZT...
HÖR AUF!
SRISCH

KRRK
DO
DO
DOMP
CHIHARU...? ICH...
HM?
RIN-SAMA... WIESO...?
AUF MICH HÖRST DU NICHT...
... ABER AUF DIESEN KERL SCHON...
NEIN ...
DAS DARF NICHT ...
KCCH
KCCH
SLINK
SWISCH
HEEEY!
WOMM

WAS HAST DU NUR WIEDER ANGERICHTET, DU DUMMKOPF!
EINFACH SO FRECH EINEN BARRIERE-ZAUBER ANZUWENDEN!
ZOSSSCH
WIE OFT MUSS ICH DIR NOCH SAGEN, DASS DU DIE MENSCHEN IN RUHE LASSEN SOLLST?!
SCHWINDEL
DA...
DAS HAUS IST ZER ...
MEINE GÜTE!
EIN GLÜCK, DASS MICH DEIN HUNDCHEN GEHOLT HAT!
MMMH...
HAAAH...
ENTSCHULDIGE, WASSERGOTT... DASS EINER VON DEN MEINEN HIER ÄRGER GEMACHT HAT.
LANGE NICHT GESEHEN, FUCHSGÖTTIN INARIGAMI.

TUT MIR WIRKLICH LEID. BITTE LASS MICH DIE WUNDEN DES FUCHSES VERSORGEN.
NEIN, NEIN, NICHT NÖTIG! GEHT EINFACH!
SOBALD ICH HIER FERTIG BIN, KOMME ICH ZU EUCH!
WUPP
SWUSCH
BIS DANN!
?!
WAAAH!
WUSCH
IRKS
TJA...
HAH...
ICH HATTE DIR DOCH ERKLÄRT, DASS DER BESITZ ANDERER GÖTTER TABU IST!
ICH BITTE ...
... UM...
... VERZEIHUNG...

DARF ICH FRAGEN, WIESO DU DAS GEMACHT HAST...
... OHNE VORHER MIT MIR ZU REDEN?
PSCHAAAA
HM?

PUH...
HUCH!
WO BIN...?
IN MEINEM HAUS.
PLITSCH
HAUS...?
ICH BIN KOMPLETT NASS.
WIR WERDEN SPÄTER ALLES TROCKNEN.
TUT DEIN AUGE NOCH WEH?

JETZT, WO DU'S SAGST... NEIN, GAR NICHT MEHR.
DAS IST GUT.
DANN ENTSPANN DICH JETZT EINFACH.
WRING
ICH WISCHE DIR DAS BLUT AB.
ICH WERDE GANZ RUHIG.
ALS OB DAS VORHIN ALLES GAR NICHT PASSIERT WÄRE...
GOTT SEI DANK...!
ER SIEHT WIEDER NORMAL AUS.
...
ES TUT MIR SO LEID.
ICH HABE DICH EINER GEFAHR AUSGE-SETZT.

AUSSER-DEM...
... HABE ICH TOTAL DIE BEHERR-SCHUNG VERLOREN.
ZUPP
DAS WAR SICHER BEÄNGSTI-GEND FÜR DICH.
...
KLAR...
... HATTE ICH IRRE ANGST VOR DIESEM FUCHS UND AUCH VOR DIR...
UND DIE WUNDE TAT AUCH HÖLLISCH WEH...
... ALSO...
WHACK
!

?
?
DAMIT SIND WIR QUITT.
PATT
WEIL DU SO SCHNELL DA WARST, IST MIR NICHTS SCHLIMMERES PASSIERT.
ALSO MACH NICHT SO EIN GESICHT.
HATSCHI!
SCHNIEF
UPS, SORRY... MACHT WEITER, MACHT WEITER...
KOTA!
BIST DU VERLETZT? ALLES OKAY?
SEIT WANN SITZT DU DA?
NICHTS IST OKAY.
ERST HATTE ICH AUF EINEM DRACHEN EINEN WILDEN RITT DURCH DIE LÜFTE ...
... UND JETZT FLIRTET IHR BEIDE HIER RUM.
IN MEINEM KOPF DREHT SICH ALLES...
BONK

TRO-CKENMA-NÖVER
SORRY! WIR GEHEN JETZT NACH HAUSE!
SWUUU
CHIHARU, FRIERST DU DENN NICHT?
ICH? NEIN, GAR NICHT...
SPLISCH
CHIHARU...
HM?
FLAPP
WAH!
EH?
ACH...
DAS IST VON...
DIE FORM ...
... MEINER KLAUE ...

WAR ICH...
... DAS...?
SCHON GUT, IST NUR EIN BLAUER FLECK.
GAR NICHTS IM VERGLEICH ZU DER WUNDE VON DEM FUCHS.
DU SAGST, ES WÜRDE NICHT WEHTUN?
WIE NETT VON DIR!
WUPP
?!
PLATSCH
HM?
LIEBER WASSERGOTT, DEINE BRAUT SIEHT SEHR MÄNNLICH AUS...
DIESE KRÄFTIGEN AUGENBRAUEN...
ABER DIE STIMME KLANG AM TELEFON BESSER... ♪
WUPP
WUPP
HÄ?
DIESE STIMME... SIND SIE VOM SCHREIN?!
SO IST ES! ♪

ICH BIN DIE GÖTTIN DER FRUCHT-BARKEIT, DES REISES UND DER FÜCHSE ...
ACH, NENN MICH EINFACH INARIGAMI!
WAPP
WAPP
WAPP
SEHR ERFREUT, SEHR ER-FREUT...
EIN JAMMER, DASS DU DIESEN NASSEN LAPPEN HEIRATEN WILLST!
BEI MIR GÄBE ES SOOOO VIELE NETTE FÜCHSE...
JETZT CHECK ICH WIRKLICH NIX MEHR...
VEREHRTE FUCHSGÖT-TIN...?
WHACK
FLAPP
FLAPP
WUPP
DU HATTEST DOCH SICHER WICHTIGERES ZU SAGEN, ODER?
HM?
HOPPLA, JA... RICH-TIG...
ES GEHT UM IHN!
ちま
ZAPPEL
!!

* GÖTTLICHE FÜCHSE.

PAH!
ICH WERDE DIR ZUHÖ...
SPRICH MICH NICHT SO VERTRAUT AN! FÜR WEN HÄLTST DU DICH?!
SCHÜTTEL
KEIN BENEH-MEN!
LANGSAM REISST MIR... DER GEDULDS-FADEN...
GRMPF
ICH WILL BLOSS EINEM ALTEN FREUND HELFEN, WEITER NICHTS.
RIN-SAMA, WARUM...?
DU KÖNNTEST DIESE OPFERGABE DA EINFACH UNTERWERFEN.
WIESO TUST DU ES NICHT?
ER IST FÜR MICH KEINE OPFERGABE, SONDERN EINE PERSON, DIE MIR WICHTIG IST.

EIN PAAR ZU SEIN SOLL GLÜCK BEDEUTEN.
DEN ANDEREN GEWALTSAM ZU UNTERWERFEN WÄRE SINNLOS.
DIESER MENSCH SOLL MEINE FAMILIE WERDEN, IN DER MAN LIEBT UND GELIEBT WIRD.
DARUM WERDE ICH WARTEN.
LIEBE?
BIST DU NOCH BEI VERSTAND, RIN-SAMA?

DU WIRST NIEMALS VON IHM GELIEBT WERDEN.
WEIL DU KEIN MENSCH BIST.
SO LIEBEVOLL DU AUCH ZU SEIN VERSUCHST...
... DIE MENSCHEN WERDEN DICH STETS FÜRCHTEN UND VOR DIR FLIEHEN.
DAS WAR SCHON IMMER SO, NICHT WAHR?
UH...
„SCHON IMMER“...?
EGAL, WAS IN DER VERGANGENHEIT WAR...
... ICH SEHE KEINEN GRUND, AUFZUGEBEN.
KOMM SCHON, RIN-SAMA ...

EIN MENSCH IST DOCH ...
... SO FRAGIL, DASS ER BEI DER KLEINSTEN BERÜH-RUNG SCHON BLAUE FLECKE BEKOMMT.
!
WIE SOLL MAN SICH DA GEGENSEITIG LIEBEN?
BEVOR IHR EUCH LIEBT...
... WIRST DU IHN EHER „AUS VERSEHEN“ TÖTEN.
...
DIESER MISTKERL ...!

RIN-SAN, IST SO EINER WIRKLICH DEIN FREUND?
PLITSCH
WAS ER SAGT, IST ECHT DAS LETZTE!
KEINE AHNUNG, WIE ES BISHER WAR...
ICH JEDENFALLS HABE KEINE ANGST UND WERDE AUCH NICHT MEHR VOR IHM FLIEHEN.
ALSO LASS DEINE VORSCHNELLEN URTEILE!
HEISST DAS ALSO...
... DU LIEBST RIN-SAMA?
ÄH...?

SO SEHR ER AUCH WIE DU AUSSEHEN MAG UND SO FREUNDLICH ER AUCH SPRICHT, ER IST KEIN MENSCH.
ES IST WIE IN DER LEGENDE VOM DRACHEN UND DEM MÄDCHEN.
DU WIRST DEINES MENSCHLICHEN LEBENS BERAUBT UND MUSST DEIN DASEIN AM GRUND DES TEICHS FRISTEN.
DU SAGST, DU WILLST NICHT VOR IHM FLIEHEN...
... ABER WILLST DU AUCH ALL DAS AUF DICH NEHMEN?

WIRST DU FÜR RIN-SAMA DEIN MENSCHSEIN AUFGEBEN...
... UND IHM ZUM GRUND DES TEICHS FOLGEN KÖNNEN?
A...
ALSO, DAS...

SIEHST DU?
DU KANNST ES JA DOCH NICHT!
HAST DU'S ENDLICH KAPIERT? WARTEN BRINGT NICHTS!
RIN-SAMA, ER MUSS DIR SOFORT IN DEN TEICH FOLGEN...
... DENN WENN ER ES NICHT TUT, DANN...
TENKO...
DU HAST DEINEN STANDPUNKT KLARGE-MACHT.
DAS REICHT JETZT.

ICH VERZEI-HE DIR, WAS HEUTE WAR.
AUCH ICH HABE ZU HEFTIG REAGIERT. ES TUT MIR WIRKLICH LEID.
WENN DU WEITER-HIN MEIN FREUND SEIN WILLST...
... DANN LASS DIESEN MENSCHEN HIER KÜNFTIG IN FRIEDEN...
... JA?
UH...
TAPP
RIN-SAN...
TUT MIR LEID, ICH...
SCHON GUT, CHIHARU.

SCHON GUT.
ÄHM...
KRZ
VERZEIHT, WENN ICH UNTERBRECHE, ABER ...
... GEHT ES DEM KNIRPS DA DRÜBEN GUT?
SCHRECK
HAFF
HAFF
ER WIRKT ZIEMLICH ERLEDIGT...

ENDLICH KANNST DU SCHLAFEN.
KLACK カチャ
KLACK カチャ
泉妻*
ERST DER DRACHE, DANN DER FUCHS...
KLAR WAREN ALL DIE EINDRÜCKE ERST MAL ZU VIEL...
KLACK カチャッ
* IZUNOME.
DER ARME IST NOCH EIN KIND...
... UND WIRD IN SOLCHE DINGE VERSTRICKT...
...
SCHRRT
OH... MANN ...!
WIE FURCHTBAR...!
ICH MUSS WAS TUN, BEVOR DIE TANTE DAVON WIND BEKOMMT.
KRRT パキッ

KRACK
カチャ
OH NEIN...! HIER AUCH...
...

VERZEIH, OMA...
WISCH
ICH BRINGE GLEICH ALLES WIEDER IN ORDNUNG.
ENTSCHUL-DIGE. WO IST DENN BLOSS DER BESEN?

RIN-SA...
VERZEIH MIR.
VERZEIH MIR.
KLAMMER
NICHT SO FEST...
WAS HAST DU PLÖTZLICH?

DEIN HAUS WURDE NICHT ZUM ERSTEN MAL MEINETWEGEN BESCHÄDIGT.
KEINE SORGE! ICH WERDE MICH DARUM KÜMMERN.
...
WAS JETZT?
SO NIEDERGESCHLAGEN KENNE ICH IHN GAR NICHT.
ER HAT MEINE WUNDE GEHEILT UND AUCH SONST SO VIEL FÜR MICH GETAN...
... ICH ABER KRIEGE EINFACH KEIN AUFMUNTERNDES WORT RAUS, WENN ES IHM SCHLECHT GEHT.
DABEI WILL ICH NICHT, DASS ER MEINETWEGEN LEIDET.

SST
ES TUT MIR LEID... ICH KANN DIE WORTE NICHT SAGEN, DIE DU VON MIR HÖREN WILLST.
WUSS
WUSS
CHIHA-RU...
HALT EINEN MOMENT STILL.

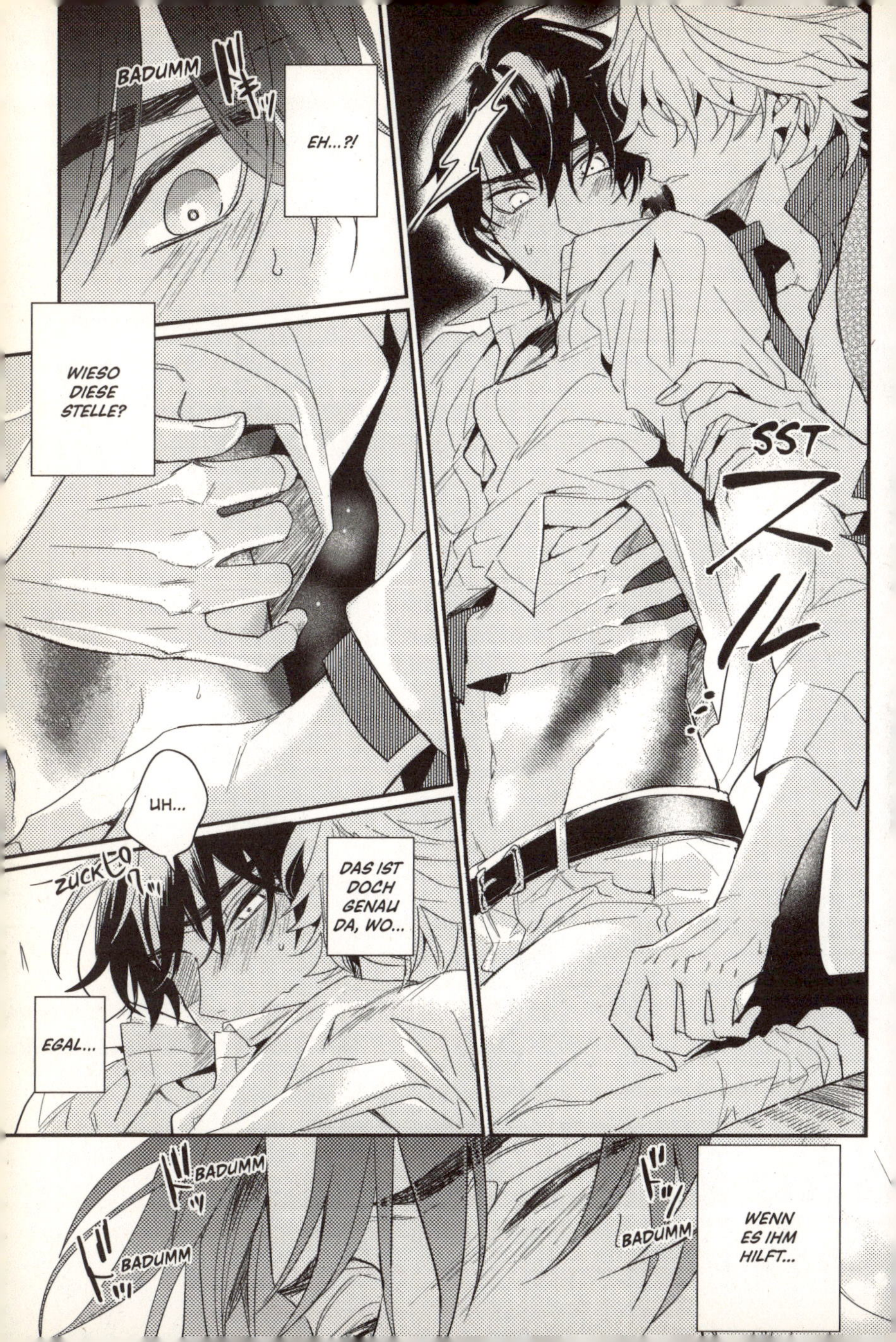
BADUMM
EH...?!
SST
WIESO DIESE STELLE?
UH...
ZUCK
DAS IST DOCH GENAU DA, WO...
EGAL...
WENN ES IHM HILFT...
BADUMM
BADUMM
BADUMM

SSCHAA
!
SSST
ÄH...
HÄ...?
JETZT DARFST DU DICH WIEDER BEWEGEN.
HM?
VIE... VIELEN DANK...
ER HAT BLOSS DIE BLAUEN FLECKE GEHEILT...
DU MUSST SEHR ERSCHÖPFT SEIN.

ICH WERDE HIER AUF-RÄUMEN.
GEH DU SCHON MAL INS BETT, CHIHARU.
WANK
WARTE...
ERSCHÖPFT MÜSSTEST EIGENTLICH DU SEIN.
KRIEK
DU BIST AUCH GANZ WACKELIG AUF DEN BEINEN.
VERGISS DAS CHAOS HIER, GEH JETZT IN...
SST

SCHON GUT!
SORGE DICH NICHT UM MICH. GEH IN DEIN ZIMMER.
GUTE NACHT.
DODOMM
ER WEIST MICH...
... ZURÜCK ...
... UND MEINT ES TOTAL ERNST.

ぼっふ
POFF
ぼっふ
POFF
MAL KLEBT ER PLÖTZLICH AN MIR, DANN GEHT ER AUF DISTANZ. WAS SOLL DAS?!
ぼっふ
POFF
SO OFFEN ZURÜCK-GEWIESEN HAT ER MICH DOCH SONST NICHT.
HAH...
IRGEND-WIE... IST DAS...
... EIN ZIEMLICHER SCHOCK.
ROLL
SST
LINS
KEINE SPUR, ALS WÄRE DA NIE WAS GEWESEN.
UNGLAUB-LICH, DIESE FÄHIGKEIT ...!

„WIRST DU FÜR RIN-SAMA DEIN MENSCHSEIN AUFGEBEN...
... UND IHM ZUM GRUND DES TEICHS FOLGEN?“
„ALSO, DAS...“
ICH KONNTE NICHTS ERWIDERN.
ICH WOLLTE IHN VOR DEN WORTEN DES FUCHSES VERTEIDIGEN...
... FAND ABER KEINE EIGENEN, DIE VON HERZEN GEKOMMEN WÄREN...
DAS HAT IHN VERLETZT.
ABER WAS ICH DA GEHÖRT HABE...
... MACHT ES MIR NICHT EINFACH, EINE ANTWORT ZU FINDEN...
MEIN MENSCHSEIN AUFGEBEN... WAS SOLL DAS HEISSEN?
...
„SCHON GUT, CHIHARU.“

„SCHON GUT."
NICHTS IST GUT.
GAR NICHTS.
ICH WOLLTE JA ANTWORTEN...
HÄTTE ICH DOCH WAS GESAGT... IRGENDWAS EINFÜHLSAMES...
WÄRE DANN SEIN BLICK WENIGER TRAURIG GEWESEN?
ICH FRAGE MICH, WAS IN SEINEM KOPF VORGEHT.
HAT ER MICH JETZT SATT? ODER...
... HASST ER MICH SOGAR?
GNN
WARUM...

WARUM TUT DAS SO WEH?

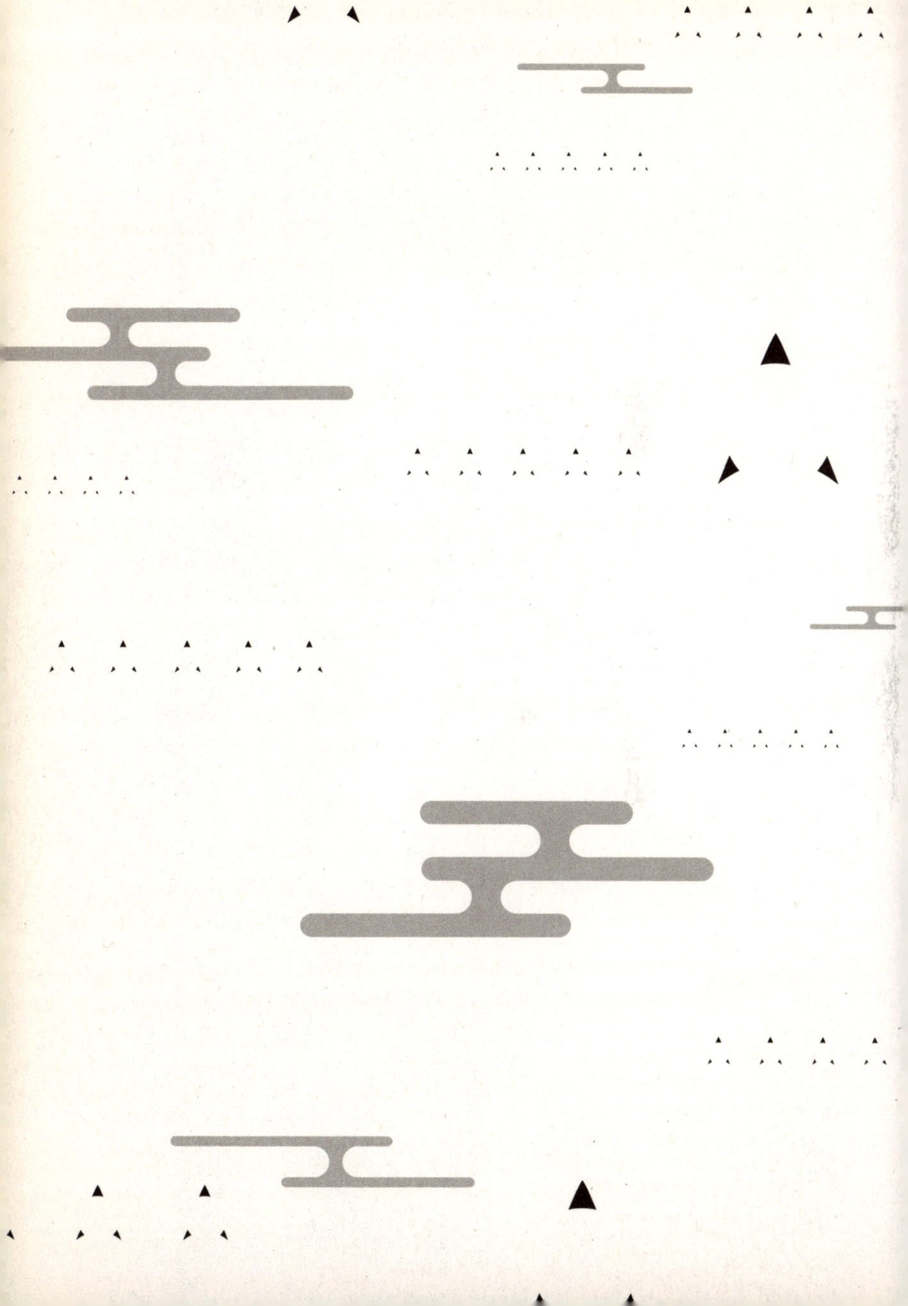

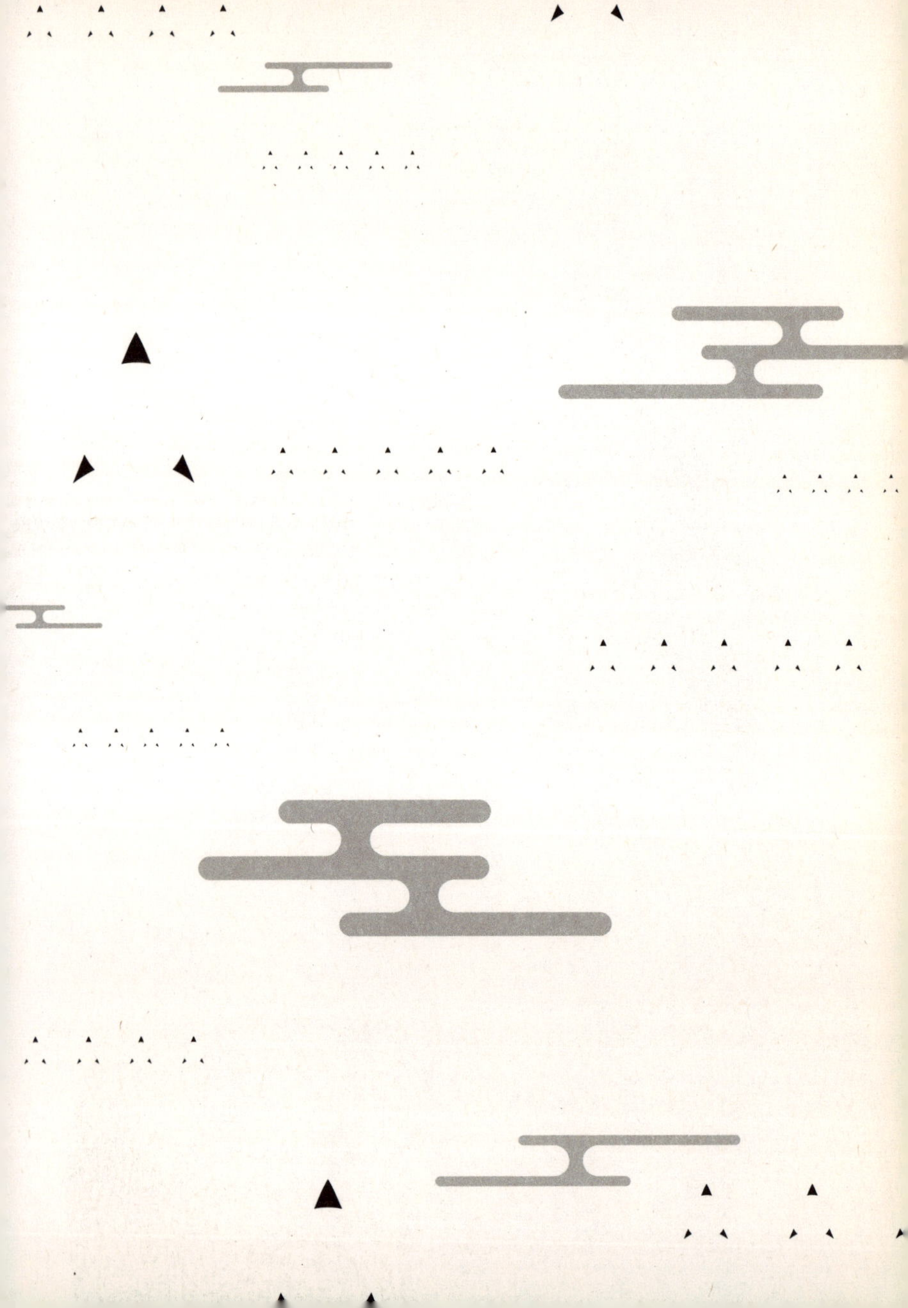

WEISSER DRACHE - KAPITEL 6

STRAHL
STRAHL
STRAHL
CHI-CHAN, WUSSTEST DU...
* HASHIBA.
... DASS RIN-KUN EIN GOTT IST?!
...?!
IRKS
MIST! KOTA HAT GEPLAUDERT...
HÖR ZU! HÖR ZU! HÖR ZU! HÖR ZU!
ES IST UNGLAUBLICH!
HEUTE FRÜH KAM RIN-KUN VORBEI...
„DIESEM WASSER IST MEDIZIN BEIGEMENGT. GIB ES KOTA ZU TRINKEN"...
... HAT ER GESAGT...
HM? ICH FÜHLE MICH BESSER...
WUPP
DAS HAB ICH GEMACHT UND KOTAS FIEBER IST AUGENBLICKLICH GESUNKEN!
IST DAS NICHT WIE IN DEN ALTEN GÖTTERSAGEN?!
WAS DENN...?
WAHNSINN! WAAAHNSINN!
DODOMM
DODOMM
DODOMM
JA... SCHON...

ER WAR ALSO HIER...
JEDENFALLS SCHÖN, DASS SICH ALLES BERUHIGT HAT.
TUT MIR ECHT LEID, DASS ER SICH VON DEM NÄCHTLICHEN TRIP EINE ERKÄLTUNG GEHOLT HAT.
SCHON OKAY, ES GEHT IHM WIEDER GUT.
ABER...
... DIR UND RIN-KUN OFFENBAR WENIGER.
PATT
PATT
DAS MACHT MIR GERADE MEHR SORGEN.
YURI, EIN ANRUF VOM KRANKENHAUS!
HM?
TAPP
TAPP
TAPP
SIE HAT WOHL GAR NICHT GESCHLAFEN, WAS?
TJA, SIE WAR BESORGT ...
DIESE AUGENRINGE!
ABER DU SIEHST AUCH NICHT GERADE AUSGERUHT AUS.
BEDRÜCKT DICH IRGENDWAS?
FLOMP

KEINE AHNUNG... SEH ICH SO AUS?
?
KEINE AHNUNG? WAS SOLL DAS HEISSEN? WIR REDEN VON *DIR!*
...
??
NA JA... ICH HAB WIRK-LICH KEINE AHNUNG...
... WAS MICH DA OFFENBAR SO BELASTET.
ICH FRAGE MICH...
... WAS ER WOHL GERADE MACHT...
ICH HABE DIR EINE KLEINIGKEIT ZU ESSEN GEMACHT. ENTSCHULDIGE, DASS ICH MEINEN TEE KURZ HIER TRINKE...
TOCK
SCHON GUT... VIELEN DANK.
WENN DU FERTIG BIST, LASS ALLES STEHEN. ICH TRAGE ES SPÄTER RUNTER.
ÄHM...

RIN-SAN, HAST DU SCHON GEGES-SEN?
WENN NICHT, KÖNN-TEN WIR ZUSAMMEN ESSEN...
TUT MIR LEID, ICH HATTE MEINE MAHLZEIT SCHON.
ACH... VERSTEHE...
TJA, ALSO...
ÄHM...
RICHTIG UNHEIMLICH, WENN ER MAL NICHT VOR SICH HIN PLAPPERT...
ICH MUSS IRGENDWAS SAGEN... IRGENDWAS... IRGENDWAS... IRGENDWAS...
ICH GEH MAL DIE WÄSCHE ZUSAM-MENLE-GEN.
VIEL ERFOLG BEI DEINER ARBEIT!
ÄH...

ICH KONNTE IHN NICHT AUFHALTEN.
PATAM
URARA... BIN ICH UNCOOL?
FIEEEP
LICK
ER MACHT DEN HAUS-HALT UND SPRICHT AUCH MIT MIR...
... ABER...
... SEINE HALTUNG MIR GEGENÜBER HAT SICH EINDEUTIG VERÄNDERT.
ER ZEIGT SICH MIR KAUM NOCH...
HAH...
AUCH WENN ER IM HAUS ZU SEIN SCHEINT...
... KANN ICH IHN OFT NICHT FINDEN, WENN ICH IHN SUCHE.
VOR KURZEM WOLLTE ICH IHN NOCH LOSWER-DEN...
SAAA
... UND JETZT SUCHE ICH STÄNDIG NACH IHM.

DU SIEHST FRUS-TRIERT AUS.
TAPP
!
SCHRECK
INARIGAMI-SAN!
HO, HO, HO!
ACH! GEHT ES DEM KNIRPS WIEDER GUT?
JA, ZUM GLÜCK...
DICH SELBST HAT ES NICHT SO UMGEHAUEN, WAS?
SO GEHÖRT ES SICH FÜR DIE BRAUT EINES GOTTES!
GANZ SCHÖN STARK! UND FRECH!
ACH JA?

ALS MIR DIESES LOCH INS HAUS GESPRENGT WURDE, BIN ICH ABER SCHON IN OHNMACHT GEFALLEN...
TONG
KLONG
TONG
KLONG
TONG
KLONG
TONG
KLONG
NA HA HA HA HA
NUN... WIR BEMÜHEN UNS JA, DAS ZU REPARIEREN...
WIR STELLEN UNS DER VERANTWORTUNG. ALLES WIRD AUSSEHEN WIE VORHER!
NORMALE MENSCHEN KÖNNEN FÜCHSE UND IHRE BAUE NICHT SEHEN.
MAGISCHE BARRIERE
DAS IST DOCH WIRKLICH...
UND SONST?
WIE GEHT ES DEM WASSERGOTT?
KLACK
ER GEHT MIR AUS DEM WEG.
ICH DENKE, ER IST BÖSE AUF MICH.

ALS DIESER FUCHS MICH FRAGTE, OB ICH WIRKLICH RIN-SANS BRAUT WER-DEN WOLLE...
... HATTE ICH KEINE ANTWORT PARAT.
DAS HAT IHN WOHL VERLETZT.
HAAACH...! DU HAST DAS WORTGE-FECHT ECHT HAUSHOCH VERLOREN!
TONG
KLONG
TONG
KLONG
TONG
KLONG
BEI SO EINER FRAGE WÄRE ABER JEDER INS STOCKEN GERATEN.
SNIFF
SNIFF
DAS MENSCHSEIN AUFGEBEN, UM AM GRUND DIESES TEICHS ZU LEBEN... IST DOCH UNVOR-STELLBAR!
TONG
KLONG
HACH...! ICH WEISS JA, WIE ENG ES IN DER PFÜTZE IST. KLAR WILLST DU DA NICHT HIN!
SSSP
DAS IST NICHT DER PUNKT.
DAS „MENSCH-SEIN AUF-GEBEN“ WAR DER PROB-LEMATISCHE TEIL...
ES MACHT MIR IMMER ANGST, NICHT ZU WISSEN, WAS MICH ERWARTET.
AUSSER-DEM HABE ICH EINEN HUND... UND EINEN JOB...
SCHON KLAR, AUCH WENN ER EIN NETTER KERL IST UND MANCHES FÜR DICH GETAN HAT...
...
... KANNST DU DESHALB NICHT EINFACH JA SAGEN.
KRZ
KRZ
IN DEM FALL...

SOLL ICH DAS HEIRATS-VERSPRECHEN FÜR DICH UNGESCHEHEN MACHEN?
...?!
U...
UNGE-SCHEHEN MACHEN?
ABER DAS...
RECK
ES BEREITET DIR DOCH KUMMER, ODER?

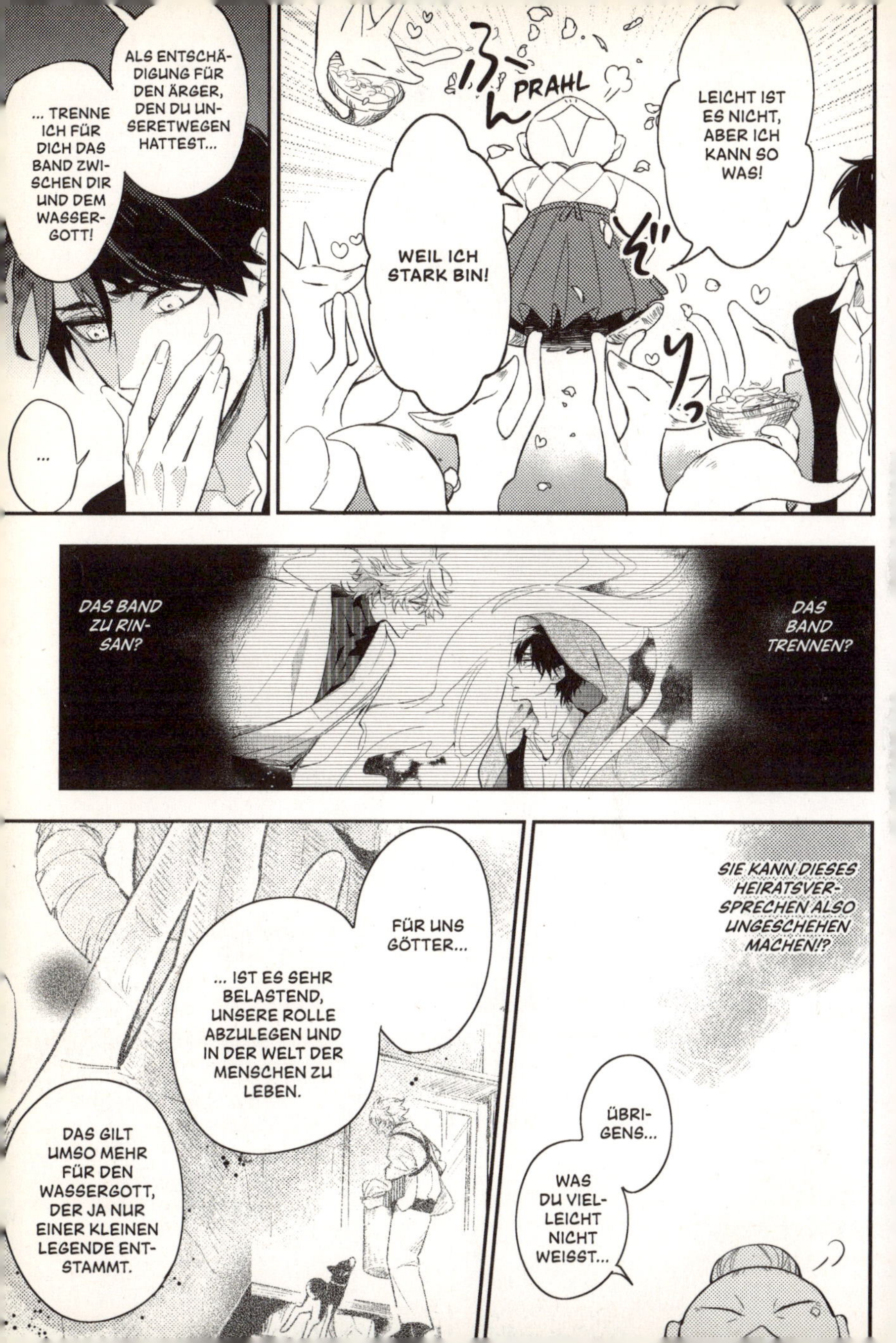
LEICHT IST ES NICHT, ABER ICH KANN SO WAS!
PRAHL
WEIL ICH STARK BIN!
ALS ENTSCHÄDIGUNG FÜR DEN ÄRGER, DEN DU UNSERETWEGEN HATTEST...
... TRENNE ICH FÜR DICH DAS BAND ZWISCHEN DIR UND DEM WASSERGOTT!
...
DAS BAND TRENNEN?
DAS BAND ZU RIN-SAN?
SIE KANN DIESES HEIRATSVERSPRECHEN ALSO UNGESCHEHEN MACHEN!?
ÜBRIGENS...
WAS DU VIELLEICHT NICHT WEISST...
FÜR UNS GÖTTER...
... IST ES SEHR BELASTEND, UNSERE ROLLE ABZULEGEN UND IN DER WELT DER MENSCHEN ZU LEBEN.
DAS GILT UMSO MEHR FÜR DEN WASSERGOTT, DER JA NUR EINER KLEINEN LEGENDE ENTSTAMMT.

BLIEBE ER ALSO EWIG AN DICH GEBUNDEN, OHNE DASS DU IHN HEIRATEN WILLST...
... WÄRE DAS GRAUSAM.
GRAUSAM?
SAAA
HM? NICHTS...
WENN DAS VERSPRECHEN GELÖST IST...
... WAS WIRD DANN MIT IHM PASSIEREN?
ER WIRD WIEDER JEMANDEM EINEN WUNSCH ERFÜLLEN...
... UND DAFÜR EINEN ANDEREN MENSCHEN ZUR BRAUT BEKOMMEN.
SO ENTSPRICHT ES SEINER VORGESEHENEN BESTIMMUNG.

...
WIE ES AUS-SIEHT...
... HAT ER GRÖSSERE TRÄUME ALS MICH...
... SHIZUE-SAMA...
TAPP
コツッ
TAPP
コツンッ
RIN-SAN?

HAB ICH DICH ENDLICH GEFUNDEN.
ZIEMLICH HOCH...
CHIHARU...
DU HAST DOCH HÖHENANGST.
WIESO KLETTERST DU HIER HOCH?
KRIEK
ES GEHT IHM ALSO DOCH NICHT GUT.
WAS MACHST DU HIER?
DIE FÜCHSE BEOBACHTEN.
BEHÄLT MAN SIE NICHT IM AUGE, MACHEN SIE NUR UNSINN.
KLONK
KLONK
HOLZSCHWERTKAMPF
HA, HA, STIMMT...

STILLE
...
...
TONG
KLONG
RAFF
TONG
KLONG
RAFF
RAFF
ÄHM...
WAS IST EIGENTLICH MIT DEINEM JOB?
KOTA MEINTE, DU WÜRDEST IM BUCHLADEN ARBEITEN...
ACH... DU WEISST ALSO DAVON!?
ICH HABE MIR FREIGENOMMEN, BIS DIE REPARATUREN HIER ERLEDIGT SIND.
TONG
KLONG
TONG
KLONG
SOLANGE DIE FÜCHSE HIER SIND, WEICHE ICH NICHT VON DEINER SEITE.
DIE FUCHSGÖTTIN HAT EIN AUGE AUF SIE. ALSO KEINE SORGE!
MACH LIEBER WAS, WORAUF DU LUST HAST.
NEIN.
WEIL ICH MEINEN WÜNSCHEN DEN VORRANG GEGEBEN HABE, WURDEST DU VERLETZT.
DAS WAR EINE ECHTE DUMMHEIT...

DAS HÄTTE NIEMALS PASSIEREN DÜRFEN.
ABER DU KAMST MIR SOFORT ZU HILFE...
... UND HAST AUCH MEINE WUNDEN PERFEKT GEHEILT.
ICH HAB SOGAR DAS GEFÜHL, ICH KANN JETZT BESSER SEHEN ALS VORHER!
UND YURI HAT SICH SEHR GEFREUT, ALS KOTAS FIEBER RUNTERGING.
WAS TRÖDELT IHR HIER RUM?!
FAULES PACK!
'TSCHULDIGUNG!
DASS DU SOLCHE KRÄF-TE HAST... UND SOGAR WUN-DEN HEILEN KANNST...
... ALSO DAS...
... FINDE ICH ECHT COOL.
...

NEIN, IST ES NICHT.
KRAMPF
ER WIRD SCHON WIEDER SO STILL...
...?
SCHWITZ
SCHWITZ
SCHWITZ
ICH BIN WIRKLICH UNFÄHIG...
ICH ARBEITE MIT SPRACHE UND TROTZDEM KRIEGE ICH KEIN WORT RAUS...
VIELLEICHT IST DAS SEINE RACHE, WEIL ICH VORHER NICHT MIT IHM REDEN WOLLTE!?
ICH MUSS SCHNELL IRGENDWAS SAGEN...
ABER WAS?
WAS NUR?

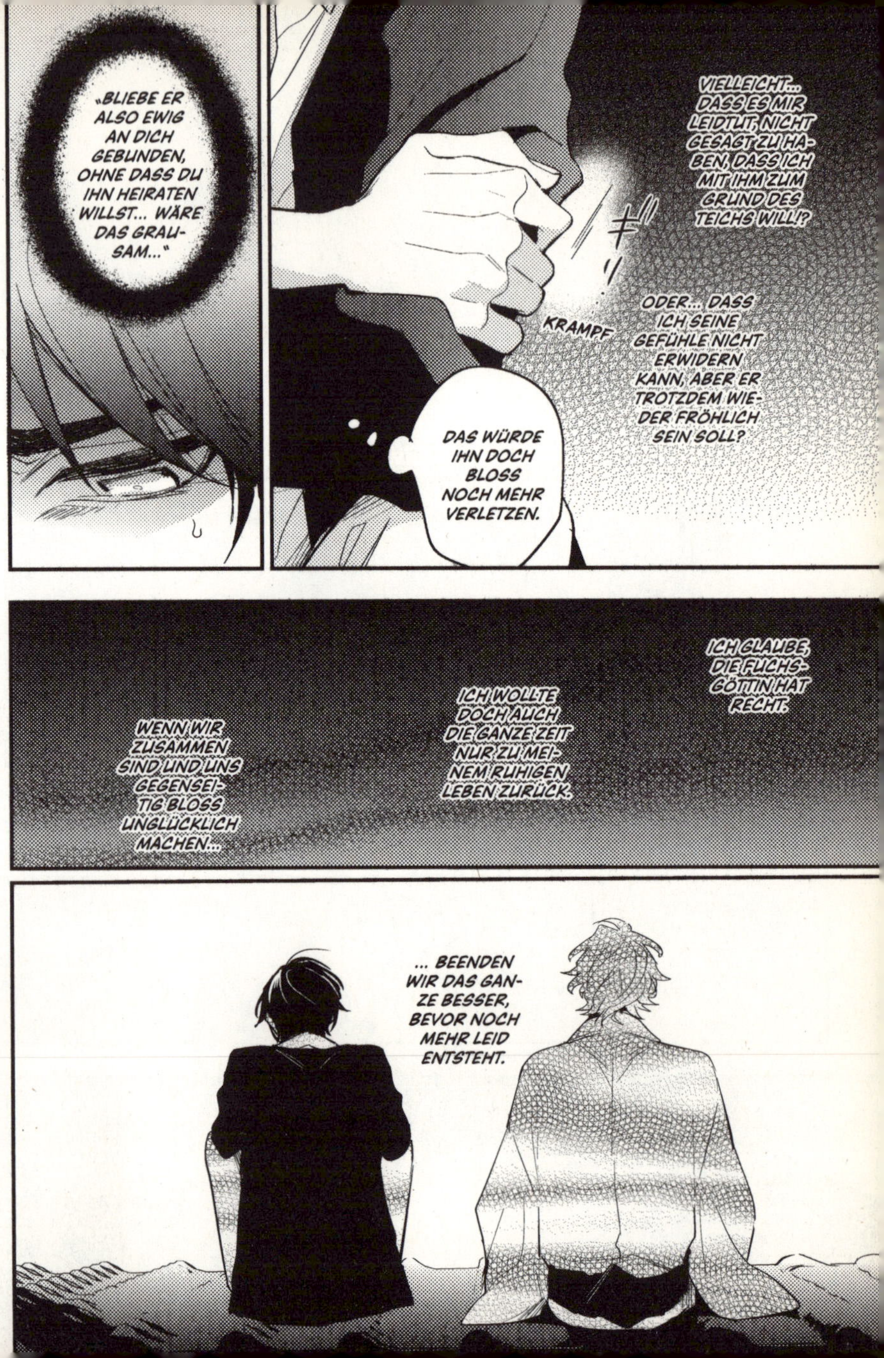
VIELLEICHT... DASS ES MIR LEIDTUT, NICHT GESAGT ZU HABEN, DASS ICH MIT IHM ZUM GRUND DES TEICHS WILL!?
KRAMPF
ODER... DASS ICH SEINE GEFÜHLE NICHT ERWIDERN KANN, ABER ER TROTZDEM WIEDER FRÖHLICH SEIN SOLL?
DAS WÜRDE IHN DOCH BLOSS NOCH MEHR VERLETZEN.
„BLIEBE ER ALSO EWIG AN DICH GEBUNDEN, OHNE DASS DU IHN HEIRATEN WILLST... WÄRE DAS GRAUSAM..."
ICH GLAUBE, DIE FUCHSGÖTTIN HAT RECHT.
ICH WOLLTE DOCH AUCH DIE GANZE ZEIT NUR ZU MEINEM RUHIGEN LEBEN ZURÜCK.
WENN WIR ZUSAMMEN SIND UND UNS GEGENSEITIG BLOSS UNGLÜCKLICH MACHEN...
... BEENDEN WIR DAS GANZE BESSER, BEVOR NOCH MEHR LEID ENTSTEHT.

DAS WÄRE WOHL FÜR UNS BEIDE...
ZUPP
ENT-SCHUL-DIGE...
SCHRECK
SST
EIN FUCHS-BLATT AN DEINEM KRAGEN.
HE, HE...
DA HAT WOHL JEMAND MIT DIR GESPIELT...
WENN DAS VERSPRE-CHEN GELÖST WIRD...
... KANN ICH SEIN LÄCHELN NIE WIEDER SEHEN...

KÖNNTE ICH DAMIT...
... WIRKLICH LEBEN?
...?
FÜHLST DU DICH NICHT WOHL?
IST DA VIELLEICHT NOCH IRGENDWAS?
SST
ZUCK
HALT BITTE STILL.
BADUMM
UH...
SCHRECK
NI... NICHT NÖTIG! ALLES OKAY!
WHACK

IRGENDWIE GEHT DAS GERADE NICHT... ER SOLL MICH NICHT ANSEHEN...
SO EIN BLÄTTCHEN IST DOCH KEIN DRAMA.
WIE UNGEHÖRIG VON MIR...
... DICH EINFACH SO ZU BERÜHREN...!
KRIEK
ABER NEIN, DAS...
ÄH...
ICH BEREITE MAL DAS ABENDESSEN VOR.
VERZEIH, DASS ICH DICH ERSCHRECKT HABE.
SCHRECK
SWIU
AH!
SWIU
WA...
SWIU
GRAPP
WARTE MAL!

ES MACHT MIR NICHTS AUS!
DU DARFST MICH...
... GERN BERÜHREN...
STAMMEL もにょ
AH! NEIN...
DAS KLANG... KOMISCH, WAS?
ごにょ STAMMEL
SO WAR'S NICHT GEMEINT!

ニヤ
GRINS
ニヤ
GRINS
ニヤ
GRINS
SIEH AN! SIEH AN!
BERÜH-REN WIE BISHER... MEINTE ICH...
GRINS
ニヤ
IRGEND-WAS IST DA IM GANGE...
ZING
AAAAAH!
BZZT
AAAAAH!
BZZT
AAAAAH!
BZZT
KLAMMER
ギュウ
RIN-SAN...
HAAAH...
JA ...?

WOLLEN WIR...
... HEUTE ABEND EIN WENIG AUSGEHEN?
ES GIBT DA EINEN ORT, DEN ICH MIT DIR BESU-CHEN WILL.
SAAA
VERSTEHE...
EINEN ANDEREN MEN-SCHEN...
...
BIN GANZ AUFGEREGT!
WAH! WIE SPAN-NEND!
KICK
KICK
KICK
NA JA, JEDEN-FALLS...
PATSCH
... MUSST DU DICH ERST MAL DEINEN EIGENEN GEFÜHLEN STELLEN.
UND ZWAR HIER!
ZING
ZING

TADAAA
わく わく
秋祭 *
DIE LIEBE FUCHSGÖTTIN ÜBERREICHT DIR DANKENSWERTERWEISE...
... DIESEN FLYER!
でんっ
DEUT ビシッ
DAS HERBSTFEST... IN DER NACHBARSTADT?
RASCHEL カサ
GENAU!
ES WIRD JEDES JAHR VON UNSEREM SCHREIN VERANSTALTET.
EHER KLEIN, ABER EINE NETTE ABWECHSLUNG!
ER WIRKT TOTAL VERLIEBT IN DICH.
EIN DATE MIT DIR KÖNNTE SEIN LACHEN VIELLEICHT ZURÜCKBRINGEN.
?!
EIN DATE...
DATE! DATE!
...
OBWOHL WIR MITTLERWEILE NICHT MAL MEHR ZUSAMMEN ESSEN?
FÜR EINE „NETTE ABWECHSLUNG" WIRD ER DANN WOHL AUCH NICHT ZU HABEN SEIN...
わく わ
秋祭
DANKE.
SEHR FREUNDLICH, ABER...
WEISST DU...
... GÖTTER LIEBEN GESELLIGE ANLÄSSE!

* HERBSTFEST.

SO GEKNICKT ER AUCH GERADE SEIN MAG, DIE FRÖHLICHEN STIMMEN UND DIE LEBENS-FREUDE DER MENSCHEN...
... WERDEN IHM AUF JEDEN FALL EIN LÄCHELN INS GESICHT ZAUBERN! ♪
BOMM
BOMM
DRÄNG
WAHN-SINN...!
BOBOMM
DRÄNG
WAH!
SO VIELE LEUTE!
WAH!
WAH!

WIE LANGE WAR ICH SCHON NICHT MEHR AUF EINEM MENSCHENFEST...?
HAAAH...
ER HAT ANGEBISSEN!
TAUSEND DANK, INARI-GAMI-SAN!
GUT, DASS ICH DEN MUT GEFASST HABE...
OHNE DAS HIER HÄTTE ICH NICHT MEHR WEITERGEWUSST.
BOBOBOBOMM
BONK
WIE RIESIG DIE BEIDEN SIND! ♡ UND DER EINE HAT GANZ WEISSES HAAR!
ICH MUSS MICH NOCH BEI IHM ENTSCHULDIGEN...
WIE LECKER DAS DUFTET!
SNIFF
... UND AUCH ÜBER VIELES NACHDENKEN.
DOCH JETZT...
ABER... KOMMST DU DAMIT KLAR?
HM?

DU GEHST DOCH NICHT GERN UN- TER LEUTE, ODER?
... WILL ICH DAS...
... GOTT- MENSCH- PROBLEM ..
HAH
KEIN PROBLEM!
... ERST MAL VERGES- SEN...
... UND EINFACH NUR AN SEINER SEITE SEIN.
LOS, GEHEN WIR!

BOMM
ABER... KOMMST DU DAMIT KLAR?
BOMM
ÄH?
DRÄNG
WEISSER DRACHE - KAPITEL 7
DU...
... GEHST DOCH NICHT GERN UNTER LEUTE, ODER?
DRÄNG
ER MAG EIN GOTT SEIN...
... UND GANZ ANDERS ALS ICH...
KEIN PRO-BLEM!
DRÄNG
LOS, GEHEN WIR!
ABER FÜR HEUTE...
... WILL ICH DAS ALLES VERGES-SEN...
... UND EINFACH NUR AN SEINER SEITE SEIN.

WEISSER DRACHE - KAPITEL 7

DER DUFT DER KÖSTLICHEN VERLO-CKUNG!
TÄNZEL
BRUTZEL
SIEHT LECKER AUS!
TÄNZEL
TRIPPEL
AH! UND DAS HIER AUCH!
TRIPPEL
DRÄNG
WUPP
BIN ECHT HIN- UND HERGE-RISSEN...
DRÄNG
SAG MAL, CHIHA-RU...
DODOMM
WAS NOCH?
WAS HÄTTEST DU NOCH GERN?
!!

!
FÜR EINEN MAGEN WIE DEINEN REICHT DAS DOCH NICHT.
STOPF
HEUTE DARFST DU ALLES HABEN, WAS DU WILLST.
WENN DU WAS SIEHST, DAS DICH ANLACHT, SAG ES EINFACH.
TRINKT SELBST NUR BIER
WO WIR SCHON HIER SIND, MUSS ES AUCH SPASS MACHEN!
DRÄNG
DRÄNG
DRÄNG
LÄCHEL
HI HI
ALLES... WAS ICH WILL?
SCHRECK

DRANG
DRANG
WAPP
WAPP
DRANG
...
DRANG
DRANG
DRANG
RIN-SAN?

WAS IST LOS?
SST
NICHTS...
DIESES DING SCHMECKT SEHR LE-CKER!
AAAAH!
ICH WOLL-TE DOCH AUCH ZUM HERBST-FEST!
AUF KEINEN FALL! WAS, WENN DEIN FIEBER WIEDER STEIGT?
ISS JETZT ERST MAL UND DANN SCHLAF.
OCH, MANN ...!
ZUPP
ZUPP

PATAM
ZUM NÄCHSTEN FEST GEHEN WIR ABER BESTIMMT!
TAPP
KRAAH
KRAAH
KRAAH
TAPP
TAPP
GRRR
GRRR
TAPP
TAPP
HM?
TAPP
?
SLIPP
DOMP
?!
SCHRECK
HÄ? DIESER SCHLIMME FUCHS VON NEULICH?!
KCCH
SCHRRT
HEY! WEG DA!
KCCH
RAFF
RAFF
FLAPP
KCCH
RAFF
FLAPP
KCCH
KRAAH
...

ボロッ…
FLEDDER
DU SIEHST JA ZIEMLICH MITGENOMMEN AUS. ALLES OKAY?
HALT DIE KLAPPE.
NICHT LEICHT FÜR DICH, SO KLEIN ZU SEIN, WAS?
HÄTTE ICH MEINE NORMALE GRÖSSE, WÄREN DIESE DÄMLICHEN VÖGEL JETZT TOT!
ぐ
キュルルルル
GRUMMMM
KNURR
WOHER KOMMT DAS GERÄUSCH?
ÄH?
ANSCHEINEND AUS DEINEM MAGEN.
ICH HATTE ANGST VOR DIR. ABER JETZT SCHIKANIEREN DICH DIE KRÄHEN UND DEIN MAGEN KNURRT...
DU BIST EIN GANZ NORMALER FUCHS.
ALLERDINGS EINER, DER SPRECHEN KANN...
WIE AUCH IMMER...
ICH DACHTE, DU WÄRST GESTORBEN.
WIESO LEBST DU NOCH?
LICK
LICK
SSSP
ACH...!
DANK UNSERES NACHBARN...
ER HAT MIR EINE MEDIZIN GEGEN DAS FIEBER GEGEBEN.
ZUCK
RIN-SAMA...?
SLUUU

SELTSAM...
ER HAT DOCH GAR KEINE HEILENDEN KRÄFTE...
EH?
HABEN GÖTTER SO WAS NICHT IMMER? CHIHARUS AUGE HAT ER DOCH AUCH GEHEILT.
NORMALERWEISE HAT MAN KEINE KRÄFTE, DIE NICHT AUCH IN DER EIGENEN LEGENDE BESCHRIEBEN WERDEN.
IN SEINER LEGENDE WIRD NICHTS VON HEILUNGEN ODER ARZNEIEN ERWÄHNT.
SOLLTE ER DIE HEILUNGEN TROTZDEM ERZWUNGEN HABEN...
... SIEHT ES SCHLECHT FÜR IHN AUS. UM EUCH AM LEBEN ZU ERHALTEN, FÜGT ER SICH SELBST SCHADEN ZU.
WARUM SAGST DU SO WAS?
BÖSER GOTT...
RAFF RAFF

SCHULD AN ALL DEN PROBLEMEN WARST IM GRUNDE DU!
ICH GEHE! WENN ICH NOCH LÄNGER MIT EINEM MENSCHEN REDE, WERDE ICH VERRÜCKT.
TAPP
NICHT GLEICH WIEDER WEGLAUFEN!
ACH...
HIER!
FLONK
HAPP
?
WENN DIR VOR HUNGER DER MAGEN KNURRT, MUSST DU WAS ESSEN, SONST SCHAFFST DU'S NICHT WEIT.
SOLLTEST DU WIEDER MAL EIN PROBLEM HABEN, KOMM RUHIG HER.
...

TAPP
ER HAT ES SICH BRAV GESCHNAPPT.
BOMM
BOMM
DRÄNG
DRÄNG
RITSCH
PLATSCH
BIST NICHT DER GESCHICKTESTE...
DRÖPP
ACH... SCHADE...!

GANZ SCHÖN SCHWIERIGES SPIEL...
KANN MAN MIT SO DÜNNEN PAPIERSCHNÜREN DENN WIRKLICH WAS ANGELN?
FLÜSTER
DAS HIER IST EIN MENSCHENFEST, ALSO HALT DICH AN DIE MENSCHLICHEN REGELN!
DROPP
PLATSCH
HEY!!
OCH...
MIT WASSER GEHT DAS EINFACHER...
ZPP
IRKS
PLATSCH
!!
* JO-JO-ANGELN: 3 MAL – 200 YEN.
WAR DAS ZAUBEREI?!
HM? SIE SIND BLOSS ÜBERMÜDET...
TAPP
OH...!
JO-JO? DAS ERINNERT MICH AN MEINE KINDHEIT!
WELCHEN HÄTTEST DU GERN?
DEN DA VIELLEICHT... DEN ROTEN...
JUHU!
ZUPP

DRIP
HIER! ICH HAB IHN!
HA HA
HACH...!
DANKE, MEIN SCHATZ.
...
CHI-HARU ...
WELCHER BALLON GEFÄLLT DIR AM BESTEN?
ICH DARF EINEN AUSSU-CHEN?
STUPS
STUPS
JA.
GUT, ALSO...
DER DURCH-SICHTIGE DA.
OKAY!

WAS IST LOS? PLÖTZLICH IST ER SO ERNST...
ZPP
ZPP
ZPP
AH!
RITSCH
D...
DU HAST JA NOCH EINEN VERSUCH!
WÄÄÄH
STIER
ZUPP
J...
JAAA!
HM?
RIN-SAN, DAS SIND JA...

WASSER-BALLONS... WIE VIELE JAHRE IST DAS HER?
HIER, BITTE SCHÖN.
ACH WAS...! DIESEN BALLON HATTEST DU AUSGE-SUCHT.
DASS JEMAND ZWEI AUF EINMAL ERWISCHT, SEHE ICH ZUM ERSTEN MAL.
TYPISCH GOTT!
DANKE SCHÖN.
WIE HAT DIR DAS FEST GEFALLEN? HATTEST DU SPASS?
JA!
SO VIEL EUPHORIE UND ALL DAS LECKERE ESSEN!
BOPP
BOPP
HE, HE...

DAS DATE MIT DIR HAT MICH SEHR GLÜCKLICH GEMACHT! ♡
EH?
?!
BOPP
BOPP
DATE, NEIN, ALSO...
WAH!
JETZT WIRD ER BÖSE...
...
HM?
LINS
SO WAR ES EIGENT-LICH...
... NICHT GEDACHT, ABER...
ZUSCH
PEINLICH BERÜHRT
NA JA, ABER...
HM...
MURMEL
MURMEL
DU BIST HEUTE EIN BISSCHEN SELTSAM.
FREU
FREU
BADUMM
BADUMM
SELTSAM... SELTSAM? SAG SO WAS NICHT ÜBER MICH!
BIN ICH ETWA... SONST IMMER VER-KLEMMT?
SO WAR DAS NICHT GEMEINT...

ICH DANKE DIR FÜR...
VIELEN, VIELEN DANK.
... DIESEN WIRKLICH SCHÖNEN ABEND.
HAAAH...
GOTT SEI DANK!
GUT, DASS ICH DEN MUT FÜR DIESE EINLA-DUNG FASSEN KONNTE!

DU WARST IN LETZTER ZEIT IMMER SO STILL...
... UND HAST DICH MIR KAUM GEZEIGT...
DASS DU JETZT DOCH SO EMPFIN-DEST...
ICH HABE DICH ALSO TRAURIG GEMACHT!?
SST
DAS TUT MIR LEID.

SEIN GESICHT ...
... IST SO NAH... ALS WÄRE NICHTS GEWESEN...
UND DIESE BERÜHRUNG...
HI HI
HEY... DU SCHÜTTELST MICH GAR NICHT AB.
DU BIST WIRKLICH SELTSAM HEUTE!
WAS DENKST DU, WESHALB ICH DAS TUE?
すり...
SST
DU HAST GANZ SCHÖN VIEL GETRUNKEN, CHIHARU.
SOGAR DEINE OHREN SIND ROT.

SAA
?
RIN-SAN?
LASS UNS NACH HAUSE GEHEN, BEVOR DIR KALT WIRD.
SWUU
AH... OKAY...
TAPP
TAPP
...? HAB ICH IRGENDWIE KOMISCH GEGUCKT?
BADUMM
BADUMM
HAAAH...
SOLLEN WIR WIRKLICH SCHON NACH HAUSE?

KÖNNTEN WIR NICHT NOCH WAS UNTERNEHMEN?
GUTEN ABEND!
HUCH! ♡ BIST DU ABER GROSS...!
DU BIST NICHT VON HIER, WAS?
ETWAS, DAS RIN-SAN GEFÄLLT?
ESSEN, FEIERN...
... ODER ...
AH!
ICH HAB'S!

WAH!

ICH WUSSTE GAR NICHTS VON DIESEM RAUM HIER!
KLICK
ER IST NORMALERWEISE ABGESCHLOSSEN.
SO VIELE BÜCHER... WIE HERRLICH...!
JA, ALLE VON MIR UND MEINER OMA.
DIE MEISTEN SIND ABER SCHON ALT.
SCHRRT
DU DARFST DICH GERN BEDIENEN.
EH?
DAS... KANN ICH NICHT ANNEHMEN... SIE SIND DIR DOCH BESTIMMT WICHTIG...
ICH HAB SIE VERSTECKT GEHALTEN, WEIL NIEMAND SIE ANFASSEN SOLLTE, ABER...
... BEI DIR MACHT ES MIR NICHTS AUS.

ICH DARF SIE MIR ALSO LEIHEN!?
DAS FREUT MICH RIESIG!
ES MUSS JAHRE DAUERN, BIS MAN DIE ALLE GELESEN HAT.
UND WENN SCHON ...!
DU KANNST GERN JAHRE HIER VER- BRINGEN.

SLIPP
DAS IST DER HISTORISCHE BEREICH, DER WOHL FÜR DICH...
UPS!
AH!
HIER SIND AUCH DIE GESAMMELTEN WERKE MEINER OMA.
INTERESSANT!
!
TAUMEL
SST

DOMP
FLAPP
...
EH...?
WAS IST...
... MIT DEINER HAND?

HAB MIR VON DEM BALLON WAS ABGEGUCKT UND VERSUCHE, JETZT AUCH DURCHSICHTIG ZU WERDEN...
RIN-SAN!
KRIEK
ES IST NICHTS. ICH BIN NUR EIN BISSCHEN ERSCHÖPFT.
BRAUCHE NUR ETWAS RUHE...
WIESO VERSUCHST DU ANDAUERND MIR WICHTIGE DINGE ZU VERHEIMLICHEN?
ICH MEINE DIE FRAGE ERNST!
REDE ENDLICH OFFEN MIT MIR!
...

ICH KANN MEINEN KÖRPER NICHT MEHR AUFRECHT-ERHALTEN.
EINE OPFERGABE NICHT ALS SOLCHE ZU BEHANDELN ...
... HAT MICH VIEL KRAFT GEKOSTET UND DAS WAR NICHT GUT FÜR MICH.
SO WIE IHR MENSCHEN ESSEN UND SCHLAFEN MÜSST...
... MÜSSEN AUCH WIR UNS AN ES-SENZIELLE BESTIM-MUNGEN HALTEN.
ERFÜLLEN WIR UNSERE ROLLE NICHT, WIRD UNS DIE EXISTENZ VERWEHRT.
ACH...
„FÜR UNS GÖTTER...
... IST ES SEHR BELASTEND, UNSERE ROLLE ABZULEGEN UND IN DER WELT DER MENSCHEN ZU LEBEN.
DAS GILT UMSO MEHR FÜR DEN WASSERGOTT, DER JA NUR EINER KLEINEN LEGENDE ENTSTAMMT."

HACH, NEIN. WIE JÄMMERLICH!
WÄRE ICH BLOSS EINE BERÜHMTHEIT WIE DIE FUCHSGÖTTIN…
SO VIEL ZU „DU KANNST GERN JAHRE HIER VERBRINGEN".
ICH HATTE JA KEINE AHNUNG.
ER HAT ALLES SO LANGE AUSGEHALTEN, BIS DAS HIER MIT IHM PASSIERT IST…
DAS IST MEINE SCHULD.
NEIN, IST ES NICHT!
ICH HABE ES SO GEWOLLT.
GIBT ES FÜR EINE OPFERGABE …

GIBT ES FÜR MICH... NICHTS, WAS ICH TUN KANN?
SST
WENN ICH DICH BERÜHRE... SO WIE JETZT...
... IST DAS NICHT GENUG?
CHIHARU... DU BIST BETRUNKEN ...
BIN ICH NICHT!
BIN ICH NICHT ...
WIR MÜSSEN SOFORT ETWAS TUN...
MIR...
... MACHT ES NICHTS AUS, IN DIESEM ZUSTAND ZU SEIN.

DENN DER GEDANKE, DASS DU WIEDER VERLETZT WERDEN KÖNNTEST...
... UND VIELLEICHT MIT DEN SPUREN DAVON LEBEN MÜSSTEST...
... IST GRAUENHAFT FÜR MICH.
ICH WÜRDE LIEBER AUF DIESE WEISE LANGSAM VER-SCHWINDEN.
DANN WÜRDE ICH DICH AUCH NICHT MEHR DIESER GEFAHR AUSSETZ...
GRAPP
PATSCH

ES
TUT MIR
LEID.

ALS PAAR...
... AM GRUND DES TEICHS LEBEN...
DAZU KANN ICH MICH... NOCH NICHT SO EINFACH DURCHRINGEN.
ABER...
... ICH WILL NICHT, DASS DU WEG-GEHST...
... ODER IRGENDWIE VERSCHWIN-DEST.
OHNE DICH...
... WÄRE ICH EINSAM.

I...
ICH WEISS, ICH HAB OFT UNSINN GEREDET...
... ABER ICH...
RUMS
UH!

DODONK
MH...
DONK
DOMP
HAH...
DOMP
RI...
GRAPP
WART...
KISS
UH...
HAH...
KISS
...
KISS
KLAMMER
ICH HÄTTE NIE GEDACHT...

Obwohl er ein Mann ist...
... ist es schön...
... und inten-siv.
KISS
... dass seine Hände, sein Atem, seine Wärme...
... sich so gut anfühlen könnten.
Ich kann nicht mehr klar denken...
HAH
Mein Herz zerspringt gleich.
HAH
BADUMM
BADUMM
BADUMM

HAH...
HAH...
AUF DIE ART...
IRGENDWIE... IST DAS GAR NICHT GUT...
... WIRD ES MIR IMMER UNMÖGLICHER, MICH VON DIR ZU TRENNEN.

CHIHARU...
KISS
ZUCK
KISS
...
CHIHARU...
ZUCK
KISS
WÜRDEST DU MICH...
... INS LEBEN ZURÜCK-RUFEN?
GRABB

WÜRDEST DU FÜR EINE NACHT... GANZ MIR GEHÖREN?

NICK
JA...

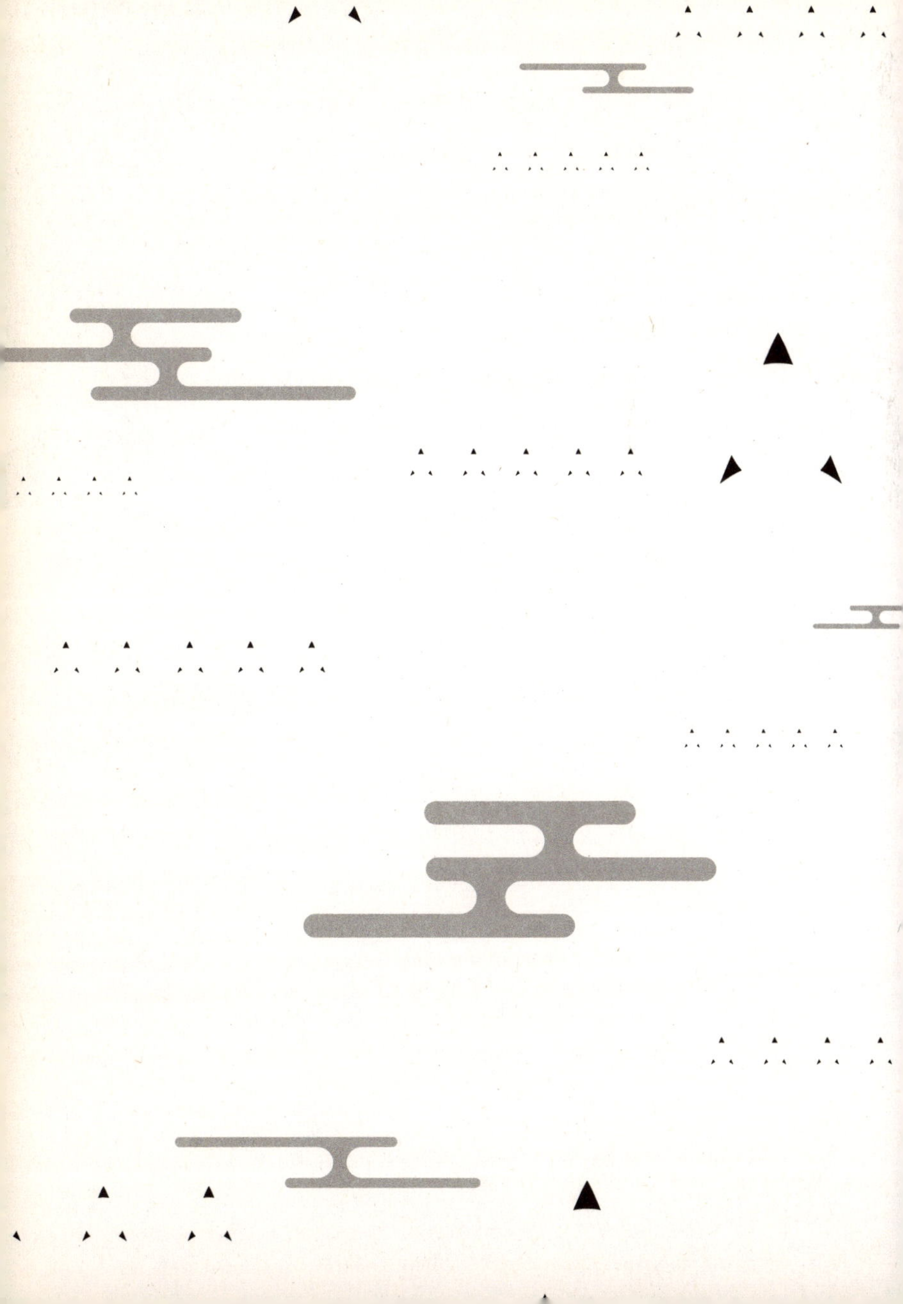

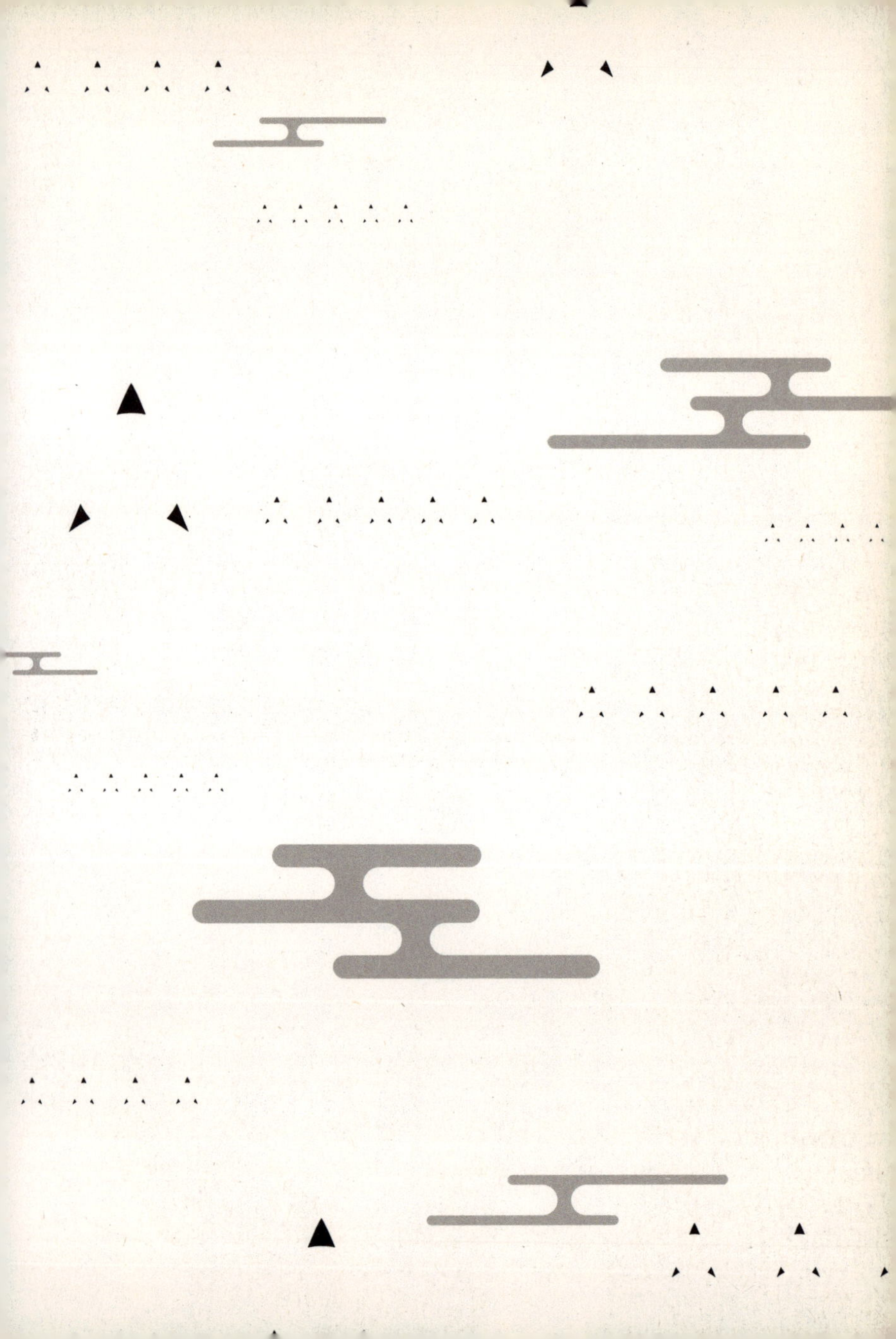

WEISSER DRACHE - KAPITEL 8

KRIEE
チラ
LINS
...
シャ
SSRT

SSRT
„WÜRDEST DU MICH GANZ UND GAR AUF-NEHMEN?“
ICH HAB JA GESAGT, ABER...
... JETZT BIN ICH TOTAL VERUNSI-CHERT...
UH...
DODONK
WARTE...
HAH
RIN-SA...

WIESO...?
HAH
HAH...
HAH...
WIESO, FRAGST DU...?
DIESER RAUM IST VOLLER ER-INNERUNGEN AN OMA.
HIER KANN ICH DAS NICHT.
ALSO...
... KOMM MIT IN MEIN ZIMMER.

Hä...
Hätte ich...
... vielleicht erst das Bad vorschlagen sollen und nicht gleich mein Zimmer?
Nach der physischen Trennung wieder klarer im Kopf
Grübel
Grübel
Grübel
M... mit... „Ganz und gar aufnehmen“... war doch das gemeint, oder?
Krampf
Chiharu...
Schreck
Da kommt er!
Äh...
Ähm!
Das Licht! Würdest du es bitte ausmachen?
Lins
Zing
Plick
Fump
Erle-digt!
Hä?!

VERFLIXT NOCH MAL! DIESER GOTT...!
ER SOLLTE DOCH... ZUM SCHALTER AN DER WAND GEHEN!
KRIEE
PATT
ZUCK
DARF ICH...?
BADUMM
SLIPP
...
BADUMM
BADUMM
BADUMM
BADUMM
BADUMM

ZUCK
!
SST
O... OH NEIN! DAS IST JA NOCH INTENSIVER ALS KÜS-SEN...
ENTSCHUL-DIGE...
ICH... WILL DOCH ERST INS BAD...
GRABB
BITTE HAB KEINE ANGST.

DU KANNST MIR VER-TRAUEN.
HAAAH...
ICH WEISS...
PLOCK
KRIEE
KISS
UH...
KRIEE
KISS
MH...

UH...
MH!
KISS
KISS
ZUCK
NICHT SO VERKRAMPFT...
SEI GANZ ENTSPANNT...
SST
SST
ZUCK
!
SCHAUDER
WAS IST MIT SEINER STIMME? DIESEN RUHIGEN UND BESTIMMTEN TON HAT ER DOCH SONST NIE DRAUF.
...
RIN-SAN, WIESO BIST DU SO ENT-SPANNT?
HAAAH...
ICH HÄTTE DICH EHER TOTAL AUS DEM HÄUSCHEN ERWARTET.
KISS
IRGENDWIE... BIN ICH WOHL ALS EINZIGER NERVÖS...
WEISST DU...

ICH ERTRAGE KAUM DIE ANGST...
... VON DIR ZURÜCKGE-WIESEN ZU WERDEN...
...? DIE IST DOCH LÄNGST UNNÖTIG.
ABER ICH BIN GLÜCKLICH.
DICH SO BERÜHREN ZU DÜRFEN...
SST
AH!
... DARAUF HABE ICH IMMER GEWARTET.
SSS
HAH
ZUCK

IST ES...
... WEIL ES SCHON SO LANGE HER IST...
... DASS ICH ZULETZT BERÜHRT WURDE?
SUCK
ICH ERINNERE MICH NICHT, DASS ES SICH JE SO GUT ANGEFÜHLT HAT...
HAH...
AH... RIN-SAN...
SST
MACHST DU GERADE VON IRGENDEINER BESONDEREN KRAFT GEBRAUCH?
KRAFT?
KNET
DRIP
HAH...
HAH...
SLIP
FLICK
DIE STELLEN, DIE DU BERÜHRST...
... FÜHLEN SICH WIE ELEKTRISIERT AN...
ZUCK
HAH...
HAH
MIR... WIRD GANZ HEISS...
... UND MEIN KOPF IST...
... GANZ BENEBELT...

KANNST DU NUR DURCH EINE BERÜHRUNG ...
... KOMMEN?
FLÜSTER
AH...
ZUCK
AH!
HAH!
HAH!
SPLATT
EH?!
HAA...
BIN ICH GEKOMMEN?
HAH!
HAH!
DAS KANN NICHT SEIN!
NUR WEIL ER MICH EIN BISSCHEN BERÜHRT HAT?
HE HE

EINE MEINER WICHTIGSTEN AUFGABEN IST ES, MEINER OPFERGABE EINE SCHÖNE ZEIT ZU BEREITEN.
PLOFF
FREUT MICH, WENN DIR DAS GEFALLEN HAT.
DU HAST TÄGLICH MEIN SELBST GEKOCHTES ESSEN GEGESSEN...
... UND LANGSAM IMMER MEHR VERTRAUEN GEFASST.
SSST
UMSO BESSER SOLLTE DANN DIESES EXPERIMENT FUNKTIONIEREN.
!
DIENTE DAS ALLES...
... NUR DEM ZIEL, MICH RUMZUKRIEGEN?
FALLS JA, HÄTTE ES IMMERHIN GEKLAPPT.
WENN BLOSSES STREICHELN DIESE WIRKUNG HATTE...
SLP
... MÜSSEN WIR UNS UM DAS WEITERE KEINE SORGEN MACHEN.

HAH
HAH
SCHLRP
SCHLRP
UH...
ZUCK
AH!
AH...
AH!
TU ICH DIR AUCH NICHT WEH?
ZUCK
NAH...
SCHLOPP
AH! NICHT REDEN...
ZUCK
DAS ...
SCHLRP
AAH... DAS IST IRRE GUT...
SCHLRP
ZUCK
ZUCK
HE, HE... DAS FREUT MICH.
SCHLRRRP
AH! AH! AAAAH ...
ZUCK
ZUCK
ZUCK

HAH
WIE KANN ER DABEI AUCH NOCH LACHEN?
WENN ER DAS HIER MIT EXPERIMENT MEINT... IST ES EINFACH ZU GENIAL...
SCHLRP
SLCK
SLCK
LICK
SLCK
SCHLRP
SCHLRP
WAS IST DA NUR... IN SEINEM MUND?
IRRE... WIE ER... MIT SEINER ZUNGE UMGEHT!
FÜR EINEN, DER KOMPLETT NAIV UND UNSCHULDIG WIRKT...
....WEISS ER RECHT GUT, WIE MAN EINEN MANN VERWÖHNT.
WIE KONNTE ICH MICH SO TÄUSCHEN LASSEN?
CHIHARU? TU ICH DIR DOCH WEH?
SLCK
SLCK
PATT PATT
NEIN, NUR EIN KLEINER STICH IN DER BRUST!

CHIHARU... LASS MICH MEHR...
... VON DEINER SÜSSEN STIMME HÖREN...
SCHLRRRP
SLRP
SLRP
SLRP
SLRP
RUBB
RUBB
ZUCK
AH... ICH GLAUBE, ICH KOMME SCHON WIEDER...
HAH
HAH
HAH
RIN-SA... LASS LOS...
... SONST...
... KOMME ICH...
SLRRRRRP
AH!
AH!
ZUCK
ZUCK

ZUCK
ZUCK
OH NEIN...!
HAAAH
DAS IST EINFACH ZU GUT...
HAAAH
SPLOTT
SPLOTT
HAH...
SLRP
HAH...
SORRY... ICH BIN...
SLRP
... IN DEINEM MUND...
HAH...
GULP
GULP
AH...
WIE SÜSS DAS SCHMECKT...!
DRIP

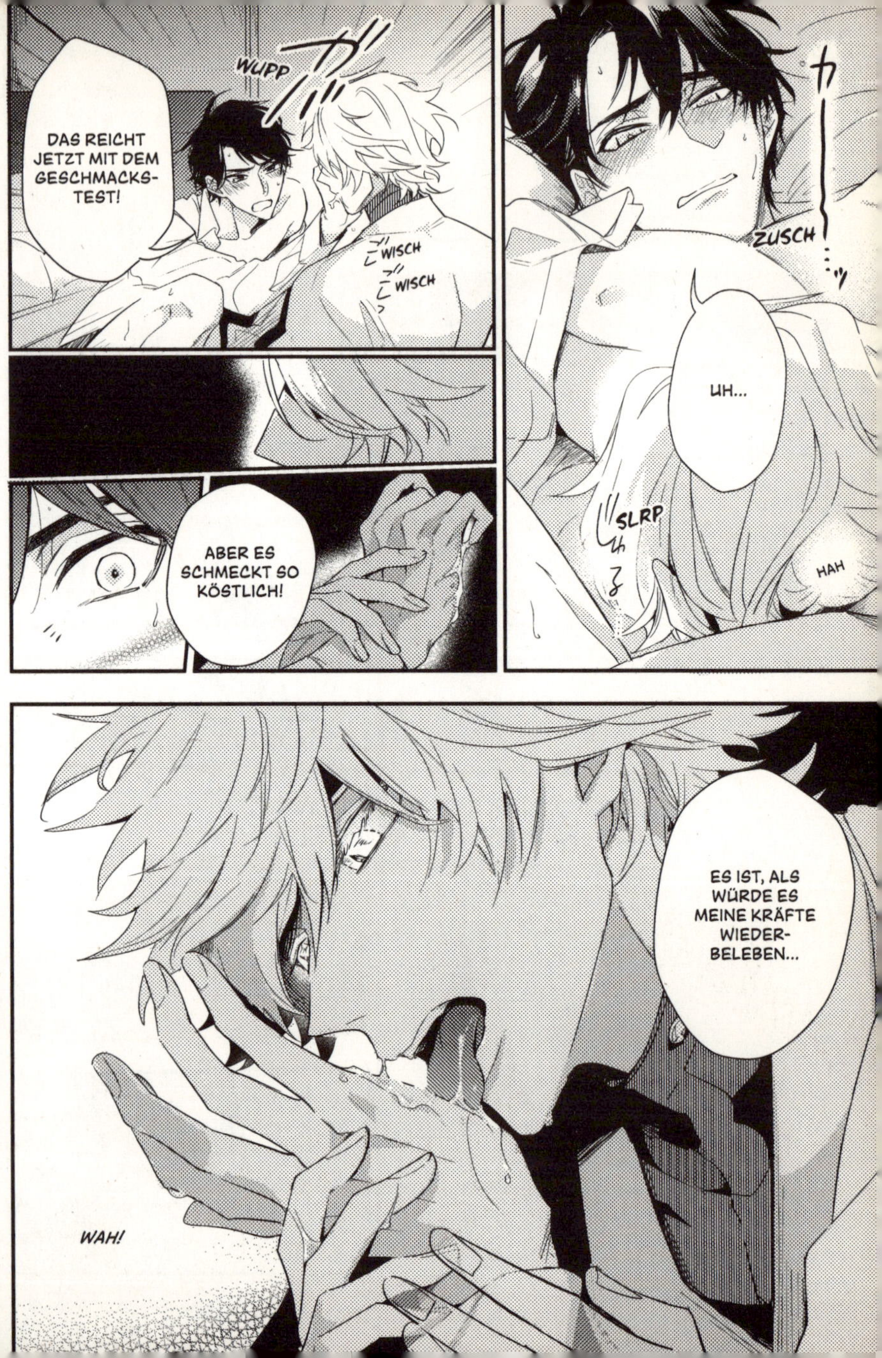
ZUSCH
UH...
SLRP
HAH
WUPP
DAS REICHT JETZT MIT DEM GESCHMACKS-TEST!
WISCH
WISCH
ABER ES SCHMECKT SO KÖSTLICH!
ES IST, ALS WÜRDE ES MEINE KRÄFTE WIEDER-BELEBEN...
WAH!

SEINE AUGEN LEUCHTEN...
ABER DAS ALLEIN...
... REICHT NOCH LANGE NICHT!
GRAPP
EH?!
BITTE NICHT NOCH WEITER BERÜHREN...
SLRRP
WAH!
SLRP
ZUCK
AH!
SLRP
NEI...
...!!
MEHR...

KRIEE
GIB MIR MEHR...
MEHR...

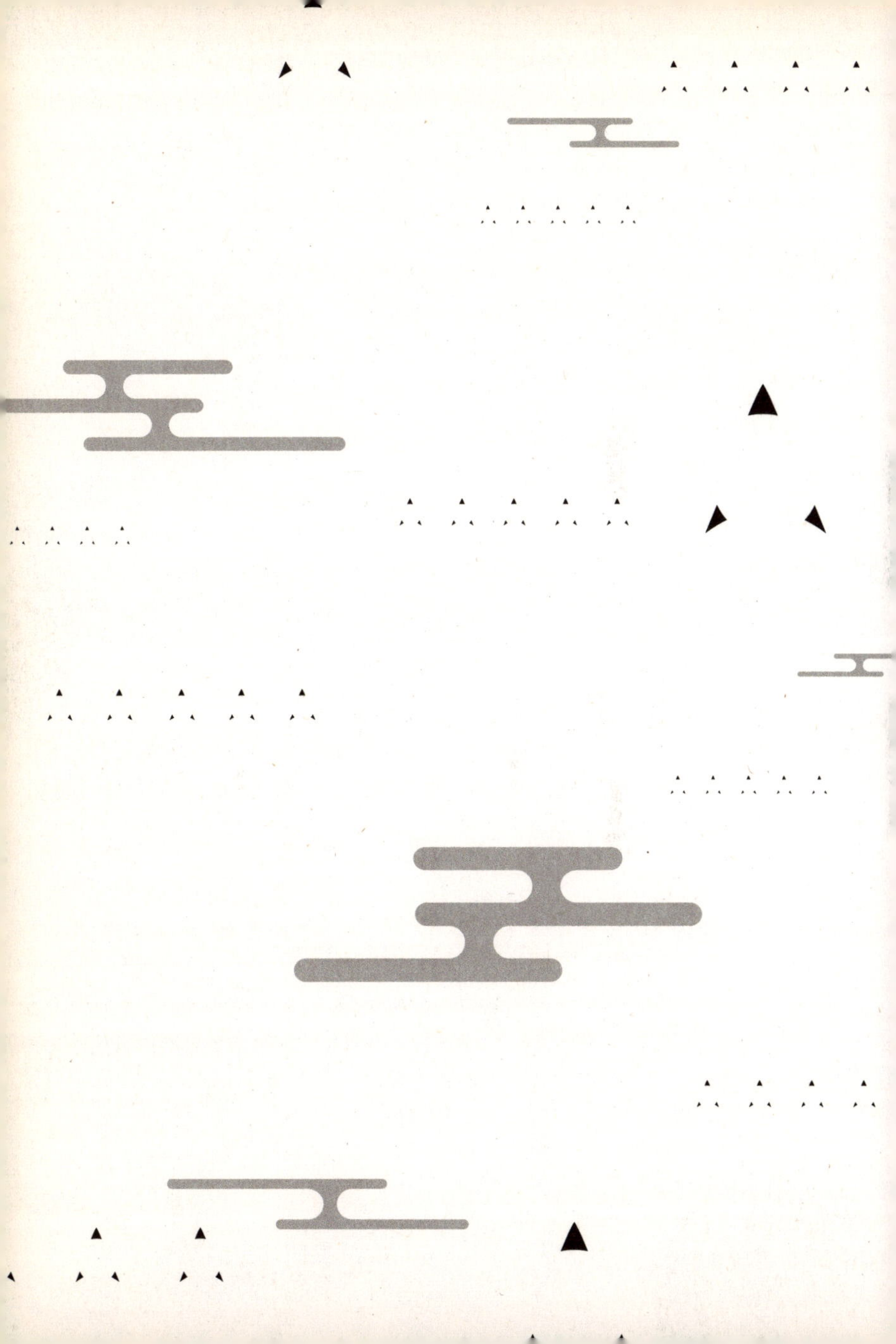

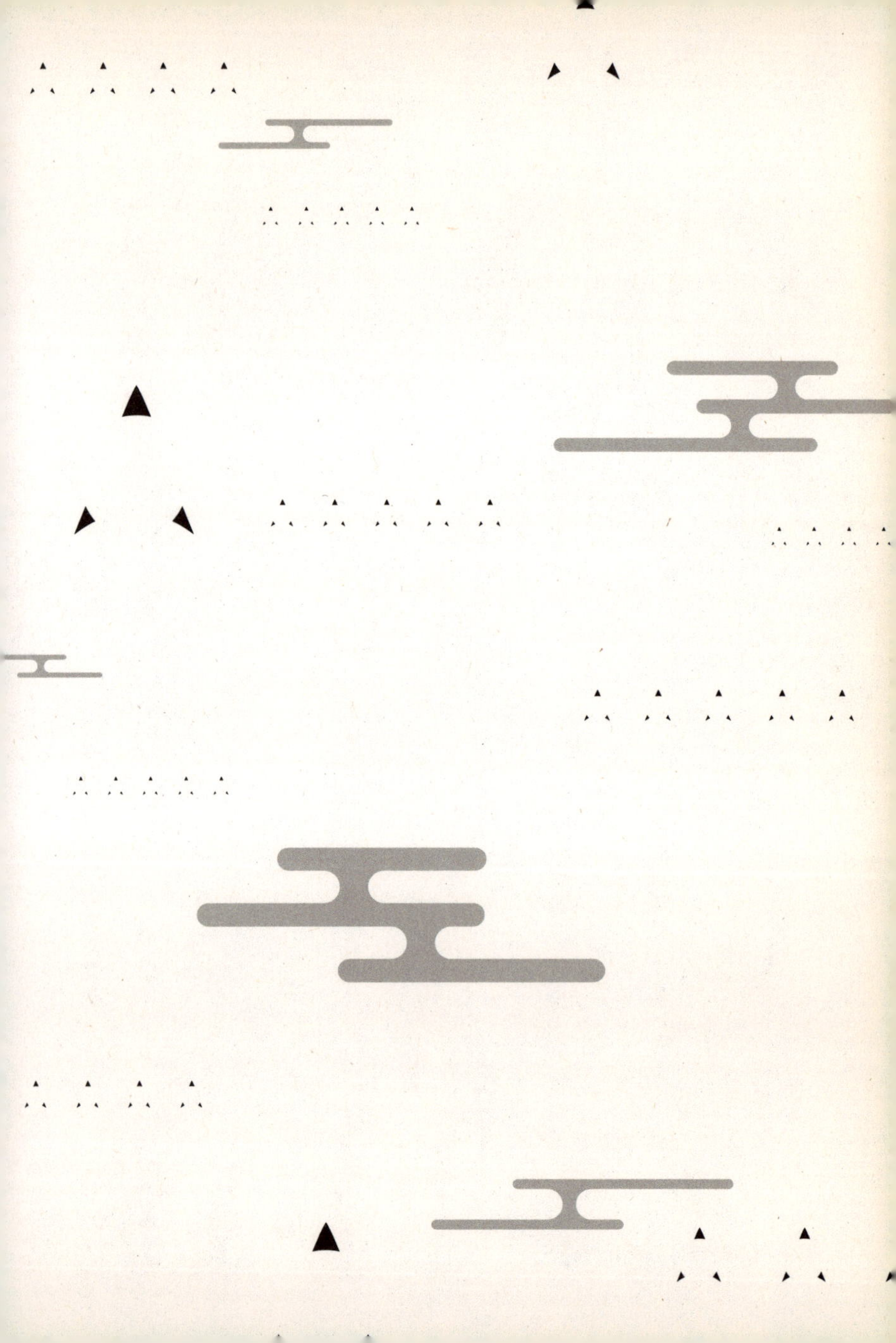

WEISSER DRACHE - KAPITEL 9

AH...
„HAB KEINE ANGST.
FÜRCHTE DICH NICHT VOR MIR."

KRIEE
...
DEINE HAND... HAT SICH VERWANDELT...
HAAAH
HAAAH
TUT MIR LEID.
KRZ
ZUCK
DAS MACHT DER PLÖTZLICHE KRAFTSCHUB NACH DER ERSCHÖPFUNG...
RTZ
AU!
ZUCK
RIN-SAN...?
JETZT IST ES VORBEI MIT MEINER BEHERRSCHUNG...

SCHLRRP
AH...
AH!
ZUCK
ZUCK
ZUCK
HAH
HAH...
...
IRGENDWIE SELTSAM...
ER KANN SEINE MENSCHLICHE GESTALT NICHT BEWAHREN...
... UND ES FÜHLT SICH AN, ALS WÜRDE ER MICH AUSSAUGEN.
SO EINIGES SOLLTE MIR GERADE ZU DENKEN GEBEN...
BEWIRKT ER DAS?
... ABER DAS ALLES IST MIR JETZT EGAL...

ICH HABE MAL EIN ALTES VOLKSMÄRCHEN GELESEN.
DARIN VERFIEL EIN MÄDCHEN DEM ZAUBER EINES SCHLANGENGOTTS.
SO SEHR SIE SICH AUCH DAGEGEN WEHRTE, ES ZOG SIE JEDEN ABEND ZU IHM HIN.
SIE MUSS SICH GEFÜHLT HABEN WIE ICH JETZT...
BLINK
WIE ENDETE DAS MÄRCHEN NOCH GLEICH?
DAS MÄDCHEN GING KÖRPERLICH UND SEELISCH ZUGRUNDE ...
... ODER SO...
„BEVOR IHR EUCH LIEBT...
... WIRST DU IHN EHER ‚AUS VERSEHEN' TÖTEN."
SCHRECK
HM?
DARF ICH MICH IHM DENN SO HINGEBEN?
RIN-SAN ...?

RIN-SAN, WARTE...
ÄHM...
KRIEE
ALLES OKAY...
ES TUT MIR NICHT WEH.
ABER...
WAS IST DAS NUR?
DIESES SELTSAME GEFÜHL PLÖTZLICH...
AH...
VERSTEHE...
IN DIESER GESTALT...
... SIEHT ER NICHT MICH...

SCHAUDER
WAS WIR HIER TUN, BEDEUTET FÜR IHN ETWAS GANZ ANDERES ALS FÜR MICH.
IN SEINEN AUGEN BIN ICH IM MOMENT NICHTS WEITER ALS EINE OPFERGABE.
DARUM ALSO...
ER WILL NICHT, DASS ICH ANGST HABE...
... WEIL ER MEINE ZURÜCK-WEISUNG FÜRCHTET.
CHIHARU...
SIEH MIR IN DIE AUGEN.
ICH WERDE DIE SACHE BEENDEN, OHNE DASS DU ETWAS MITBE-KOMMST.

DAS MUSST DU NICHT.
OFFENBAR VERSTEHST DU DA WAS FALSCH.
ICH MACHE DAS HIER AUS FREIEM WILLEN.
ES HAT AUCH NICHTS MIT DEM VERSPRECHEN ZU TUN.
ICH WILL DIR HELFEN, WEIL DU MIR WICHTIG BIST.
WENN ICH ABER...
... NICHTS DAVON MITBEKÄME, HIESSE DAS...
... DIR NUR MEINEN KÖRPER ZU LEIHEN, UND DAS WILL ICH NICHT.

SO BEÄNGSTIGEND DEIN BLICK AUCH SEIN MAG...
SST
... ICH WERDE NICHT VERSUCHEN ZU FLIEHEN...
... ALSO...
... SIEH MIR RUHIG DIREKT IN DIE AUGEN.

UND... FALLS ES DIR GE-LINGT...
... MICH NICHT BLOSS WIE FUTTER ZU VER-SCHLIN-GEN...
... SONDERN MICH EIN WENIG...
... WIE EINEN GELIEBTEN... ZU BEHAN-DELN...
... WÄRE ICH DIR DANKBAR.
STILLE
...
EINEN GELIEB-TEN...?

!
SEIN GESICHT IST NORMAL.
ICH WILL DICH NICHT WIE FUTTER VERSCHLINGEN.
ES IST NUR...
WIE MENSCHEN SICH GELIEBTEN GEGENÜBER VERHALTEN...
... ALSO, DAS...
... IST FÜR MICH OFT NICHT LEICHT ZU...
BEI DIR LÄUFT ES ALSO IMMER SO AB!?
WENN ICH DIE ENERGIE EINER OPFERGABE SPÜRE, SPRÜHE ICH VOR KRAFT UND KANN MICH SCHWER BEHERRSCHEN.
UM DER OPFERGABE MÖGLICHST WENIG FURCHT ZU BEREITEN...
... HABE ICH DIE SACHE BISHER IMMER SCHNELL ZU ENDE GEBRACHT...
HAAAH...
ZUCK
SO IST DAS ALSO...
BIST DU JETZT ENTTÄUSCHT?
ER...
KRIEE

... WEISS BLOSS NICHT, DASS ES AUCH ANDERS SEIN KANN.
OBWOHL ER SCHON VIEL LÄNGER LEBT ALS ICH...
!
... KENNT ER NUR DIESE TRAURIGE METHODE.
SST
FLAPP
CHIHA...
DANN WERDE ICH DIR JETZT ETWAS BEIBRINGEN.
ZUPP
WIR HABEN KEINE EILE...
KISS
GANZ LANGSAM...
... UND MIT VIEL KÜSSEN...
SST

ZIEH DICH MIT MIR GE-MEINSAM AUS...
BADUMM
BADUMM
LASS MICH DEINE HAUT SPÜ-REN...
BADUMM
SIEHST DU?
BADUMM
ALLES GANZ EINFACH, ODER?
BADUMM
RUBB
BADUMM
ES PAS-SIERT SO ODER SO, ABER ER SOLL WIS-SEN...

KRIEE
... DASS GEGENSEITIGE BERÜHRUNG...
... VIEL BESSER IST ALS EIN EINSEITIGER AKT.
CHIHARU...
... ENTSPANN DICH...
ZUCK
SCHLCK
HAH...
SLK
SLK
SLK
AH!
AH...
HAH!
DRÄNG
HAH!

SCHAUDER SCHAUDER
HAAAH...
HAAAH...
ER IST TATSÄCHLICH... IN MIR...
SCHON ALS ER MIR NUR SEINE ZUNGE REINGESTECKT HAT, DACHTE ICH, ICH MÜSSTE STERBEN...
SLPP
ABER JETZT DIESES RIESIGE DING... EIN GLÜCK... ES FÜHLT SICH GUT AN...
GLTT
GLTT
MH...
HAAAH
HAAAH
HAAAH
ICH WÜRDE IHM WAS BEIBRINGEN, WAREN GROSSE WORTE... DABEI IST ES MEIN ERSTES MAL MIT EINEM MANN...
ICH BIN DOCH EIN BISSCHEN NERVÖS ...
... WENN ICH SEINEN ERREGTEN AUSDRUCK SEHE, VERSCHWINDET JEDES NEGATIVE GEFÜHL...
HAH
HAH
CHIHARU... TU ICH DIR AUCH NICHT WEH?
LINS
ABER...

NEIN, ALLES OKAY...
SST
DIE DEHNUNG IST HEFTIG... ABER ES TUT NICHT WEH.
GUT, DASS DU MICH SO GRÜNDLICH VORBEREITET HAST...
HAH
SLOPP
ZING
HAAAH
HAAAH
RIN-SAN! NICHT DOCH, KEINE ANGST!
HAAAH
IMMER MIT DER RUHE... KEINE PANIK...
KISS
KISS
KISS
PATT
JA, SO IST'S GUT...
ZUCK
ZUCK
HAH
HAH
PLICK
HM?
SRT

FUNKEL
SCHUPPEN?
PLINK
ZUCK
PCK PCK
AH!
NICHT, CHIHARU ...!
HAH...
SPIEL NICHT DARAN RUM!
BADUMM
SO... SORRY ...
BADUMM
TUT MIR LEID, ICH KANN DAS NICHT UNTER-DRÜCKEN.
DIESE SÜSSE STIMME PLÖTZLICH!
SIND DIE SCHUP-PEN BESONDERS EMPFINDLICH?
ES MACHT DIR SICHER ANGST.
ICH BEDECKE MICH.

SRT
NEIN, ES IST GUT SO...
... DENN AUCH DAS IST EIN TEIL VON DIR...
KISS
LICK
... UND WUNDER-SCHÖN...
SLCK
KISS
ZUCK
WENN ES DIR UNANGE-NEHM WIRD, SCHLAG MICH.
KRIEE
EH...?

ROMP
!!
UAH!
SCHLPP
WAS...
AH!
ROMP
WAS MACHT ER DA?
SCHLPP
KRIEE
KRIEE
DAS IST IRRE GEIL!
AH...
AH!
KRIEE
CHIHARU...
DU BIST SO HEISS...

KRIEE
KRIEE
KRIEE
ICH HABE DICH DA DRIN AUSGIEBIG GELECKT, DAMIT DU DAS HIER GENIESSEN KANNST.
ES SOLLTE NICHT WEH-TUN...
ES...
... IST...
HAAAH
... EIN-FACH... ZU GUT ...
HAAAH
WAMP
WAMP
AH!
WAMP
AH!
DRIP
HAH
ZUCK
ZUCK
NGH...
MH...
SST
UH...
HAH...
...
SSST

KLAMMER
WIESO? DIE KLAUE WAR DOCH OKAY...
WEIL ICH DEINE HAND HALTEN WOLLTE...
WAMP
AH!
WAMP
NGH!
WAMP
AH!

AH!
WOMP
AH!
WOMP
KLAMMER
AH!
AH!
HUH
DRIP
HUH
WAMP
O... OH MANN ...!
ICH SEHE... SICHER KOMISCH AUS...
WAMP
WAMP
HAH!
CHI-HARU... NICHT WEINEN ...
HUH...
LICK
SEIN BLICK IST GANZ AUF MICH GERICHTET.
DASS MICH DAS SO GLÜCKLICH MACHEN KANN...

ICH... BIN...
HAH!
RIN-SA...
HAH!
HAH!
KRIEE
RI...
KRIEE
...NGAH...!
... IN DIESEN KERL... VER...
HAH
KRIEE
KRIEE
AAAH!
HAH!
HAH!
HAH!
HAH
KLAMMER
NEIN...
ICH WER-DE...
... GLEICH ...
KRIEE
KRIEE
KRIEE
KRIEE
KRIEE
HALT DICH NICHT ZURÜCK! KOMM EINFACH ...
SCHUCK
SCHUCK

ZUCK
BADUMM
ZUCK
ZUCK

ZUCK
AH!
AH!
KRIEE
SCHAUDER
SCHAUDER
ZUCK
SPLORT
BADUMM
GNN
GNN
ZUCK
NGH!
MH...
HAAAH
MIR WIRD GANZ HEISS...
HAAAH
HAAAH
... DA DRIN...
HAH!
HAH
KLAMMER
HAH...

HAAAH
サラ
PATT
KISS
WUPP
WAS IST...?

NICHTS...
SAAA
ザア...

DEINE KRAFT IST UNGLAUB-LICH, CHI-HARU.
ICH BIN WIEDER WIE VORHER.
ABER WIE LANGE WIRD DER EFFEKT DIESER EINEN NACHT ANHALTEN?

ZZZ
ALS MEIN KÖRPER PLÖTZLICH DURCHSICH-TIG WURDE...
SST
... WAR DAS EIN SCHOCK FÜR DICH, WAS?
ZUCK
RUBB
MH...
...

EINE NACHT MIT EINER OPFERGABE...
... WAR FÜR MICH IMMER EINE LEERE ANGELEGENHEIT.
„ICH HAB ANGST!“
„WIE GRAUENHAFT!“
„ICH WILL NICHT STERBEN!“
EGAL, WELCHES ZEITALTER... DIE OPFERGABEN FÜHLTEN MIR GEGENÜBER STETS DAS GLEICHE.
ICH KONNTE IHNEN NUR DEN GEFALLEN TUN, SIE IHRE ÄNGSTE VERGESSEN ZU LASSEN.
VON IHNEN GELIEBT ZU WERDEN WAR EIN UNERREICHBARER TRAUM.
KEIN WUNDER, DENN SIE WAREN NUR...
... OPFERGABEN ANDERER LEUTE, DENEN ICH EINEN WUNSCH ERFÜLLT HATTE.
SIE WURDEN NICHT ALS MENSCHEN GESEHEN.
NATÜRLICH IST SO WAS GRAUENHAFT.
DU ABER...

... HAST MICH TROTZDEM NICHT WEG-GESTOSSEN.
DU HAST DEN BLICK NICHT ABGE-WANDT...
... UND MIR GESAGT, DASS DU NICHT FLIEHEN WÜRDEST.
SO EINEM MENSCHEN ...
KLAMMER
... BEGEGNE ICH ZUM ERS-TEN MAL.
ICH WUSSTE NICHT, DASS ES SICH SO GUT ANFÜH-LEN KANN...
... BERÜHRT ZU WER-DEN.

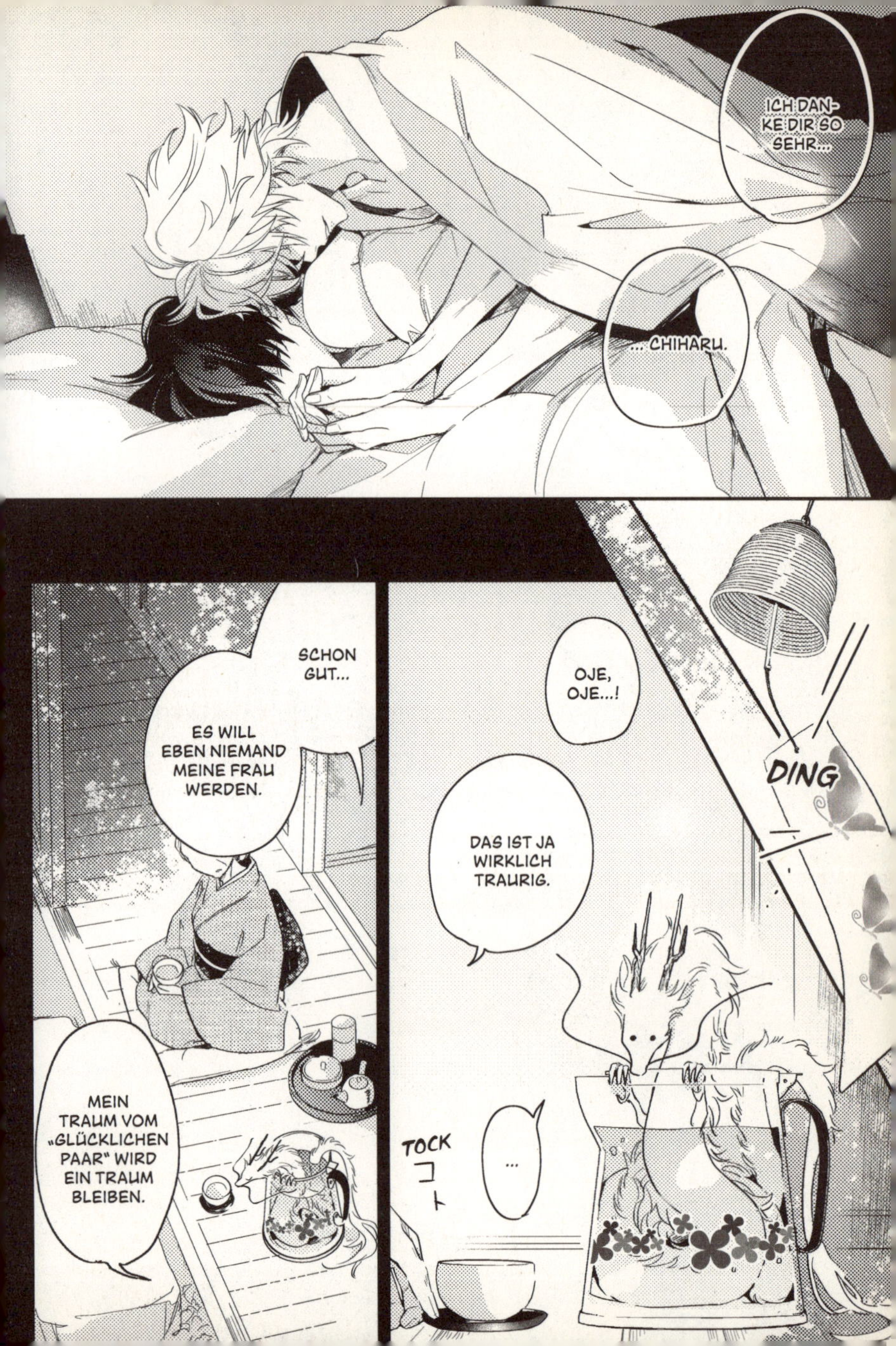
ICH DANKE DIR SO SEHR...
... CHIHARU.
OJE, OJE...!
DING
DAS IST JA WIRKLICH TRAURIG.
SCHON GUT...
ES WILL EBEN NIEMAND MEINE FRAU WERDEN.
...
TOCK
コト
MEIN TRAUM VOM „GLÜCKLICHEN PAAR“ WIRD EIN TRAUM BLEIBEN.

ICH BEHANDLE ALLE OPFER MIT DEM GRÖSSTEN RESPEKT!
HEY! DAS WAR GEMEIN!
FLAPP
... ICH HABE VON MEINER „LEGENDE" OHNEHIN LANGSAM GENUG.
NA JA, ABER ...
VIELLEICHT LIEGT DAS EINFACH AN DEN UMGANGSFORMEN EINES DRACHENGOTTS!?
... ALS EIN LEBEN LANG NUR ZURÜCKWEISUNG ZU ERFAHREN.
LIEBER GANZ VERSCHWINDEN...
ICH KÖNNTE EINFACH KEINE WÜNSCHE MEHR ERFÜLLEN UND SO IN VERGESSENHEIT GERATEN.
DANN WÜRDE ICH MEINE KRÄFTE VERLIEREN, ZUR GRÖSSE EINES REGENWURMS SCHRUMPFEN UND SCHLIESSLICH GANZ VERSCHWINDEN...
WIE ABSURD!
ALSO WIRKLICH! EIN GOTT MIT SELBSTMORDFANTASIEN...

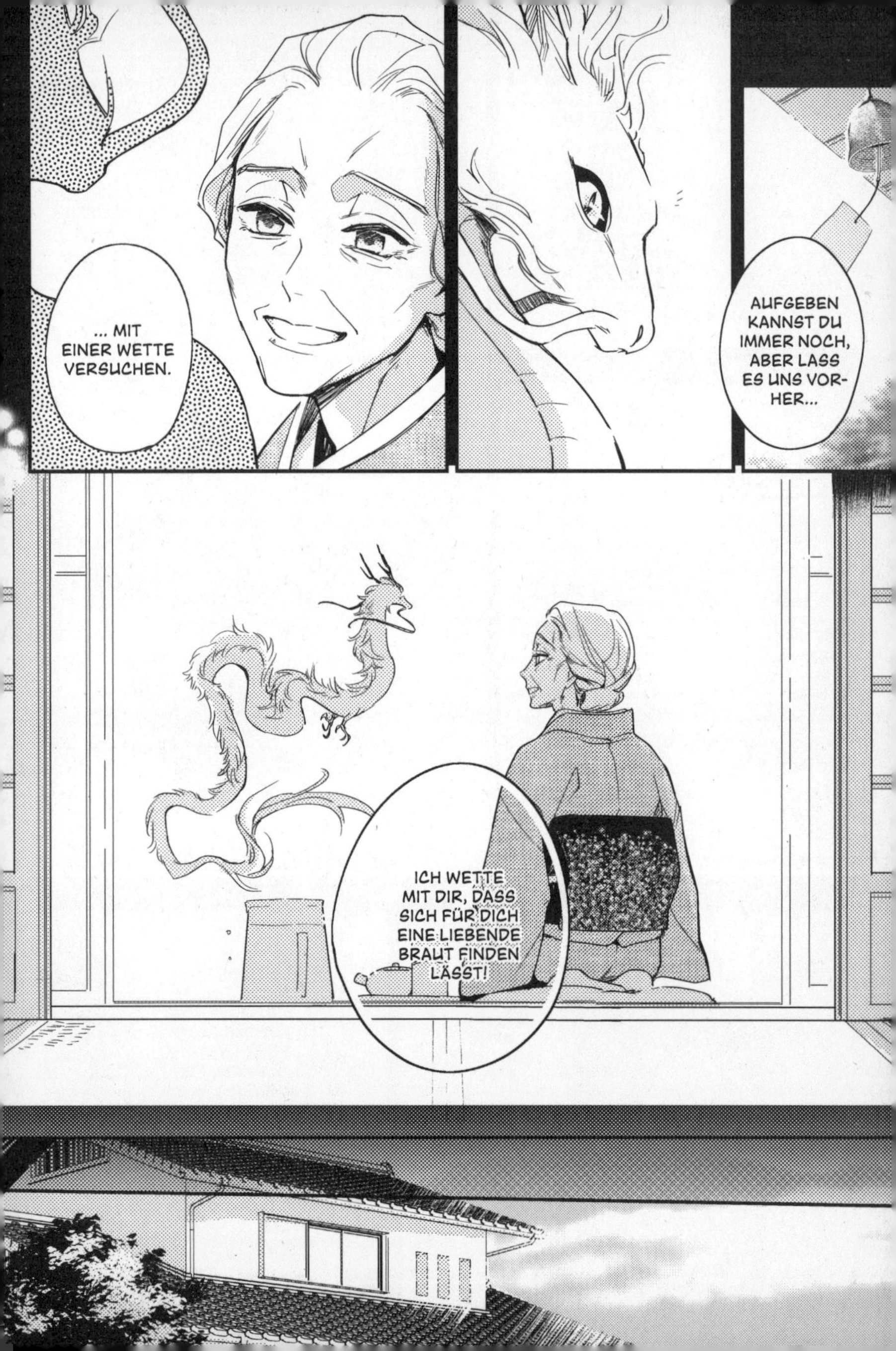
AUFGEBEN KANNST DU IMMER NOCH, ABER LASS ES UNS VORHER...
... MIT EINER WETTE VERSUCHEN.
ICH WETTE MIT DIR, DASS SICH FÜR DICH EINE LIEBENDE BRAUT FINDEN LÄSST!

ES TUT MIR LEID!
...
VERZEIH MIR, URARA!
IHR WOLLTET IHN DOCH IM LAUFE DES ABENDS ABHOLEN.
ODER SOLL ER VIELLEICHT GANZ BEI UNS BLEIBEN?
SAG NICHT SO WAS!
...
BITTE KOMM ZURÜCK!
WAR DAS FEST DENN SO SCHÖN?
ACH... ÄH...
STARR
...
DU STRAHLST JA RICHTIG, CHI-CHAN!
ZUCK
HA HA HA
?!

DEN TRICK MUSST DU MIR AUCH VERRATEN!
DANKE FÜR DIE MEDIZIN, ES GEHT MIR JETZT PRIMA.
DAS FREUT MICH.
FLÜSTER
ENTSCHULDIGE, DASS DU DA REINGEZOGEN WURDEST.
FLÜSTER
NATÜRLICH! DAS LIEGT AN MEINEM SPER...
STOMP
AUTSCH!
???
ICH SEHE DOCH AUS WIE IMMER.
NEIN, DU STRAHLST!
HAST DU IRGENDWAS GEMACHT?
RIN...
KOMM MAL...
ACH, SCHON GUT...
DIESER SCHLIMME FUCHS WAR GESTERN WIEDER HIER.
ER SAH GANZ ZERFLEDDERT AUS. IST DAS BEDENKLICH?
ER IST DOCH DEIN FREUND, ODER?
ACH...
TAPP
TAPP
WAS DENN? SCHON IN ALLER FRÜHE SO VIEL LOS HIER?
SCHRRT
YURI, HOL MIR MAL DIE AUTOSCHLÜSSEL!
TSUKASA...
HEY, CHIHARU! HAST EINE GESUNDE GESICHTSFARBE HEUTE!
KLACK
KLACK
TAPP
TAPP
PATSCH

...
ZING
ZING
ZING
HM...?
WAS IST? WAS HAST DU?
WIESO KRÜMMST DU DICH SO?
HAAAH...
NICHTS...
ALLES GUT...
...
TSUKA-SA! SIND DAS DIE SCHLÜS-SEL?
AH...
JA!
NICHT, DASS TSU-KASA NOCH VERDACHT SCHÖPFT ...
DANN GEHEN WIR MAL BESSER.
SONST KOMMST DU ZU SPÄT ZUR ARBEIT.
OKAY ...
WUPP
TAPP
TAPP

RIN-SAN! LASS UNS GEHEN!
JA!
HIER, DIE SCHLÜSSEL!
...
CHIHARU... DU MUSST DICH ZU NICHTS ZWINGEN.
ギク
TAPP
シャク
TAPP
DOCH, ICH WAR SCHON GESTERN NICHT MIT IHM SPAZIEREN.

ICH KANN DAS JEDER- ZEIT ÜBER- NEHMEN.
NEIN, ES IST MEINE PFLICHT ALS SEIN BESIT- ZER.
ACH...
TAPP
WÄHREND ES PASSIERTE, HAT DIE ERREGUNG DEN SCHMERZ ÜBERTÜNCHT...
... ABER JETZT SPÜRE ICH IHN DOCH ZIEMLICH ...
IST EBEN NOCH NEU...
ZING
ZING
SOLL ICH DICH TRAGEN?
NEIN, SCHON GUT.
PACK
ALLES WIEDER WIE VORHER, WAS?
PUH...
GOTT SEI DANK...!
SST

WER WEISS, WANN ICH WIEDER VERSCHWIN-DE...!?
DU MUSST MIR AB JETZT JEDE NACHT DEINE ENERGIE SCHENKEN.
AUAAAA!
VERGIB MIR!
QUEEEEETSCH
HE HE
AAAGH!
ZING
ZING
WIE LANGE ...
... WIRD DAS VOR-HALTEN?
DIESE METHODE IST NUR EINE NOTLÖSUNG.
AUCH WENN ICH DAMIT EINE WEILE DURCH-HALTE...
SAA
JE LÄNGER DU IN DER MEN-SCHENWELT VER-WEILST, DESTO SCHWERER IST DIE REGENERATION, WAS?

DARUM IST ES AUCH MEIN ZIEL...
... DICH MIT MIR ZUM GRUND DES TEICHS ZU NEHMEN.
DIE FUCHSGÖTTIN HAT MIR GERATEN...
... MICH VON DIR LOSZUSAGEN...
!
... WEIL DU NUR LEIDEN WÜRDEST HIER OBEN AN LAND.
...
TAPP
ALSO HAB ICH NACHGEDACHT...
... ÜBER DIE SACHE MIT DIR...

ICH...
... KANN DIR NICHT DA RUNTER FOLGEN.
ICH KANN URARA NICHT EINFACH ZURÜCKLASSEN.
UND MEINE FREUNDE WÜRDEN SICH SORGEN, WENN ICH EINFACH VERSCHWINDEN WÜRDE.
ICH HABE NOCH SO VIELE DINGE VOR...
AUCH WENN MEINE GROSSMUTTER, DIE MICH GROSSGEZOGEN HAT...
... MICH DIR ALS LOHN FÜR DIE ERFÜLLUNG EINES WUNSCHS VERSPROCHEN HAT...
... KANN ICH DIR MEIN LEBEN NICHT EINFACH SO ÜBERLASSEN.

UND DESHALB WERDE ICH...
... NACH EINEM ANDEREN WEG SU-CHEN.
EINEM WEG, WIE WIR ZUSAMMEN SEIN KÖNNEN, OHNE AN DIESES VERSPRE-CHEN GEBUNDEN ZU SEIN.

EH?
DENKST DU NICHT, DA LIESSE SICH WAS MACHEN?
ICH WEISS VON DIR, DASS ES UNZÄHLIGE GÖTTER GIBT.
VIELLEICHT KANN UNS EINER VON IHNEN HEL-FEN.
AUSSERDEM SCHULDET MIR DIE FUCHSGÖT-TIN WEGEN DES SCHADENS AN MEINEM HAUS NOCH EINEN GEFALLEN.
CHIHA-RU...
SIE KÖNNTE DOCH WAS MACHEN, DAS FÜR UNS NICHT DIE TRENNUNG BEDEUTEN WÜRDE.
ES FREUT MICH SEHR, DASS DU SO FÜR MICH EMPFINDEST, ABER...
... OFFEN GESAGT HALTE ICH DIESE IDEE FÜR VER-RÜCKT.
GÖTTER SIND NICHT SO WOHL-WOLLEND, WIE DU DENKST.
WENN DU NICHT VORSICHTIG BIST, KÖNNTE DIR WIEDER ETWAS SCHLIMMES PASSIEREN.
ABER DANN WÜRDEST DU MIR DOCH ZU HILFE EILEN, ODER?
WA...?

NATÜRLICH WÜRDE ICH DAS, ABER...
ICH WEISS, DASS ICH VIELLEICHT NAIV KLINGE ...
... ABER ...
... DIESE GEGENSEITIGEN BERÜHRUNGEN...
SO JEMANDEN...
... HABE ICH NOCH NIE GETROFFEN.
... SEINE STIMME...
ICH WUSSTE NICHT...
... DASS ES SICH SO GUT ANFÜHLEN KANN, BERÜHRT ZU WERDEN.
... DIE MIR ALL DIESE DINGE ZUFLÜSTERTE...
ICH KANN IHN NICHT MEHR GEHEN LASSEN.

SOLLTE ALLES ANDERE SCHEI-TERN...
... WERDE ICH MIT DIR GEHEN.
ABER...
ZUNÄCHST WILL ICH NICHTS UN-VERSUCHT LASSEN.
ABER DANN WERDE ICH DICH WIEDER DIESER BELASTUNG AUSSETZEN MÜSSEN...
ICH BIN FÜR DICH BEREIT, SO OFT DU WILLST.
SAAA
WIESO...?

WÜRDEN WIR DIE VERBINDUNG TRENNEN UND WARTEN, BIS ICH IMMER SCHWÄCHER WERDE UND SCHLIESSLICH VERSCHWINDEN WÜRDE...
... KÖNNTEST DU ZU DEINEM FRÜHEREN FREIEN LEBEN ZURÜCKKEH-REN...
WIESO WILLST DU FÜR MICH SO WEIT GEHEN?
HAAAH...
NACH DEM, WAS WIR GESTERN GETAN HABEN...
... MÜSSTE DAS DOCH EIGENTLICH KLAR SEIN...
KRZ
KRZ
EH?

ICH LIEBE DICH.

ICH WILL DICH...
... NICHT AUFGEBEN.
PLITSCH
BLU
BLU
BLUBB

SPLASSSCH
?!
EH...? MA...
MACHST DU DAS, RIN-SAN?
WAS IST DAS?
SPLISCH
SPLISCH
ICH MACHE EINEN MÄCHTIGEN DONNERSCHLAG, DER IM GANZEN LAND WIDERHALLT!
RÜTTEL RÜTTEL RÜTTEL
NEIN! NEIN! NEIN! NEIN!
SPLISCH
CHIHARU...
GRAPP

ICH WILL DICH AUCH NICHT AUF-GEBEN.
BIS WIR ENDLICH EIN UNZER-TRENNLICHES PAAR SEIN KÖNNEN!
...!

CHI-HARU!
ABER STOPP ERST DAS WAS-SER!
RAFF
RAFF
RAFF
RAFF
SPLASSSCH
SIEH DIR DAS AN, TENKO!
WAAAAH!
WAS HERRSCHT DA PLÖTZLICH FÜR EINE STIMMUNG?! EH?!
GRMPF
GRMPF
GRMPF
NA, HAUPT-SACHE IHRE GOTTHEIT HAT IHREN SPASS DARAN...
NICHT NUR, DASS DIE PSEU-DOBRAUT NICHT WEG-LÄUFT...
... SIE WÄHLT AUCH NOCH ABSICHT-LICH DIESEN SCHWIERI-GEN WEG.
ERST HIELT ICH IHN BLOSS FÜR EINEN DREISTEN KERL...
... ABER ER HAT DOCH DAS ZEUG ZUR GÖTTER-BRAUT.
WIE EIN SPRING-BRUN-NEN...
(HAT DEN PROTEST AUFGEGE-BEN.)
ER IGNORIERT DEINEN GUTEN RAT, DAFÜR WÜRDE ICH IHN GERN STRAFEN.
WAS SIE JETZT WOHL VOR-HABEN?
WIRD JE-DENFALLS SEHENS-WERT...

SEHR SCHÖN! SEHR SCHÖN!
JUNGE LEUTE MÜSSEN SO SEIN!
OB DIE VORGESETZTEN DES WASSERGOTTS SCHON INFORMIERT SIND?
BIEP BIEP BIEP
...
DA HAST DU DIR ABER EIN FIESES OPFER EINGEHANDELT.
ARMER RIN-SAMA ...!
FIES...?
SIEHT SO EIN FIESES GESICHT AUS?

ES IST DAS LIEBEVOLLSTE GESICHT, DAS ICH IN DEN LETZTEN JAHRHUNDERTEN GESEHEN HABE!

TADA
DADA
DADAM
DIE GABE DER FÜCHSE
DODOMM
FUNKEL
FUNKEL
FUNKEL
IST DAS NICHT EIN WUNDERBARES GESCHENK, CHIHARU?!
FINDEST DU WIRKLICH?
FUNKEL
FUNKEL
FUNKEL
EINIGE STUN-DEN ZU-VOR...
Good Job!
WASSERGOTT! GRATULIERE ZUR ERSTEN NACHT MIT DEINER BRAUT!

ZUR FEIER DES TAGES HABE ICH DEIN ZIMMER IN EIN GEMACH FÜR FRISCHVERMÄHLTE UMGESTALTET!
TADA
WOW! SIEHT TOLL AUS, DIESES...
WAS IST DAS?
?
WAS DAS IST?! EINE LIEBESSPIELWIESE – EIN MUSS FÜR SO EIN JUNGES PAAR!
HIER KANNST DU DICH SO RICHTIG AUSTOBEN, WASSERGOTT! ♪
BLA
BLA
BLA
HACH, INARIGAMI-SAMA! ♡
MICH AUSTOBEN... DAS MACHT DIR SORGEN, WAS, CHIHARU? ♡
GNI HI HI ♡
NEIN, ICH FRAGE MICH, WIE DIE SACHE VON GESTERN RAUSKOMMEN KONNTE!
WIESO SIND WIR AUFGEFLOGEN?!
ZETER
UND ÜBERHAUPT! ICH BIN KEINE BRAUT!
ZETER
ANSTATT MEIN HAUS ZU REPARIEREN, HABEN DIE KERLE DAS HIER GEMACHT!
ZETER
SCHRECK
WAS, WENN DAS ALLES GESTERN BEOBACHTET WURDE?!
BZZZZZ
KEINE SORGE! DIE SEHKRAFT DER FÜCHSE DRINGT NICHT DURCH DIESE MAUERN, SOLANGE ICH HIER BIN.
BZZZZZZZ
SIE HABEN WOHL BLOSS SIGNALE GEDEUTET UND DEN GERUCH WAHRGENOMMEN.
NA, DER HAT JA POWER!
SCHRECK

LETZTE NACHT HAST DU NUR MIR GEHÖRT, CHIHARU.
FLOMP
ブロン
DU WARST UNGLAUBLICH SCHÖN...
MIR ERSCHEINT ES IMMER NOCH WIE EIN TRAUM.
JETZT STEIGER DICH NICHT SO REIN.
UND LEG DAS DING WEG!
SCHNAPP
HAAAH... DAS PURE GLÜCK...
AB SOFORT KANN ICH JEDEN TAG MIT DIR DIESE DINGE MACHEN! ♡
?
WIESO? SO OFT IST DAS DOCH GAR NICHT NÖTIG!
EH?
WENN DU WIEDER SCHWÄCHER WIRST, BIN ICH NATÜRLICH FÜR DICH DA, ABER...
... NOCH IST NICHTS AN DIR DURCHSICHTIG...
ÄHM...
...
KRIEK
CHIHARU...?

IST DAS, WAS WIR DA TUN, FÜR DICH NICHTS WEITER ALS EINE LEBENSERHALTENDE MASSNAHME?
WAR DAS NICHT DAS VORRANGIGE ZIEL?
...!!
SO... SOLANGE ICH NICHT HALB TOT BIN... WIRST DU ALSO NICHT MIT MIR SCHLAFEN!?
NA JA, ALLEIN SCHON DEINEN KÖRPER AN MEINEM ZU SPÜREN, WÄRE FÜR MICH WAS BESONDERES, ABER...
IRRES DING...
... ICH WEISS, DASS MICH DAS ENTFLAMMEN WÜRDE...
BZZZ
BZZZ
OKAY, DANN WENIGSTENS...
... KÜSSEN! DAS KÖNNTEN WIR TUN, AUCH WENN ICH KEINE SCHWÄCHE ZEIGE!
NEIN...
WUPP
SCHOCK
NICHT MAL KÜSSEN?

WAS SOLL DAS?! HÄT-TE ICH DAS GEWUSST, HÄTTE ICH DICH GESTERN GEKÜSST, BIS MIR DIE LIPPEN ABGEFALLEN WÄREN!
WÄÄÄH
DRAMA QUEEN...
SCHLUCHZ
SCHLUCHZ
SCHLUCHZ
BU HU HU
KLACK
RIN-SAN ...
KRIEE
KISS
ENTSCHUL-DIGE, DAS WAR GRAU-SAM VON MIR.
WENN DU MICH SO ERNST BIT-TEST, WILL ICH IMMER GLEICH NEIN SAGEN...
... ALSO SCHWEIG LIEBER...
FLOMP
KNUTSSSSCH
MGH...

KRIEE
KISS
KISS
KISS
MH...
KISS
HAH...
SLP
WAS IST DAS NUR?
MEINE KRAFT HÄTTE DOCH EINE WEILE ANHALTEN SOLLEN...
HAAAH...
BADUMM
BADUMM
BADUMM
FÜHLST DU DICH NICHT GUT?
DA IST... DIESER SCHMERZ IN DER BRUST...
... OB-WOHL ICH... SO GLÜCK-LICH BIN ...
UND DAS ATMEN FÄLLT MIR SCHWER...

VIEL-
LEICHT
IST DAS
OKAY...
PATT
PATT
KISS
MIR
GEHT ES
NÄMLICH
GENAU-
SO.
SLINK
CHIHA-
RU...
KISS
KISS
KISS
SLINK
SLINK
HAH...
KISS
KISS
RIN-
SAN...
AH...
HAH...
ICH...
HAH...
HAH
ICH...
SST
... WER-
DE MAL
ZURÜCK
IN MEIN
ZIMMER
GEHEN.
WOMP
UGH!

CHIHARU? WOLLEN WIR UNS HEUTE NACHT NICHT ZUSAMMEN AUSTOBEN?
DOMP
NEIN. AUSSER-DEM MAG ICH DIESES BETT NICHT.
TAPP
TAPP
TAPP
TAPP
Ich kann da nicht entspannen und fühle mich auch irgendwie belauscht...
HÄ? KEIN SEX?
WIRD ER AUCH.
WIE LANG-WEILIG...!
ER MISSTRAUT EINEM GOTT!?
SCHRRT
ALSO WIRK-LICH...!
FLOMP
SIEH ZU, DASS DU ES SCHNELL LOSWIRST.
SOBALD HIER PLATZ FÜR EINEN FUTON IST ...
... ÜBER-NACHTE ICH WIEDER HIER.
GUTE NACHT.
PATAM
FUCHS-GÖTTIN! HIER HAST DU DAS DING WIEDER!
WIE UN-HÖFLICH VON DIR, WASSER-GOTT!
RUMS

ENDE

HALLO UND GUTEN TAG, HIER IST MEGURU HINOHARA! VIELEN DANK, DASS IHR EUCH FÜR WEISSER DRACHE 2 ENTSCHIEDEN HABT!

NACH EINER LANGEN PHASE, IN DER DIE BEIDEN EINANDER NICHT SEHR NAHEKAMEN, KONNTE ICH ES KAUM ERWARTEN... ABER MIT BAND 2 HABE ICH GEJUBELT: „ENDLICH BOYS LOVE!“, UND MICH SO RICHTIG AUSGETOBT.

JETZT FOLGT DER PART, IN DEM DIE BEIDEN NACH EINER MÖGLICHKEIT FÜR EIN GEMEINSAMES LEBEN SUCHEN. DIESER TEIL LIEGT MIR AM MEISTEN AM HERZEN, DARUM FREUE ICH MICH RIESIG AUF DIE ARBEIT!

ICH HOFFE AUF EIN WIEDERSEHEN IM NÄCHSTEN BAND!

MEGURU HINOHARA

SUTOPPU!

Koko wa kono manga no owari dayo.
Hantaigawa kara yomihajimete ne!
Dewa omatase shimashita!
Tanoshii hitotoki wo dozo!

Egmont-Manga-Chiimu

STOPP!

Das ist der Schluss des Mangas.
Fangt bitte am anderen Ende an!
Und nun genug der Vorrede,
viel Spaß beim Lesen!

Euer Egmont-Manga-Team

„Weißer Drache 02" von Meguru Hinohara
Aus dem Japanischen von Monika Hammond
Originaltitel: „Kamisama no Uroko" vol. 2

Originalausgabe:
KAMISAMA NO UROKO vol. 2

Japanese Cover Design = Tomohiro Kusume (arcoinc)

First published in Japan in 2020 by SHINSHOKAN CO., Ltd. Tokyo
German version published by EGMONT Verlagsgesellschaften mbH under license from SHINSHOKAN CO., Ltd.

Deutschsprachige Ausgabe erschienen bei

verlegt durch Egmont Verlagsgesellschaften mbH,
Alte Jakobstraße 83, 10179 Berlin

1. Auflage 2021

Verantwortliche Redakteurin: Luisa Steinhäuser
Gestaltung: Laura Bartels
Printed in the EU

Textbearbeitung: Katrin Aust & Etsche Hoffmann-Mahler
Koordination: Angelika Schönhuber
ISBN 9783-7704-2872-4